Combats du 20ᵉ siècle en poésie

Anthologie, dossier et notes réalisés par
Hélène Fieschi

Lecture d'image par
Sophie Barthélémy

Ancienne élève de l'École normale supérieure de Fontenay-Saint-Cloud, **Hélène Fieschi** est agrégée de lettres modernes. Elle enseigne à l'École alsacienne à Paris. Elle a publié en « Folioplus classiques » l'accompagnement pédagogique du *Mystère de la chambre jaune* de Gaston Leroux.

Conservateur au musée des Beaux-Arts de Quimper de 1991 à 2000, **Sophie Barthélémy** est depuis janvier 2001 en poste au musée des Beaux-Arts de Dijon, où elle s'occupe des collections de peintures du XIXe siècle et de l'art contemporain. Responsable du service éducatif du musée des Beaux-Arts de Quimper et, actuellement, référent scientifique pour l'action culturelle du département des publics au musée de Dijon, elle a assuré de nombreuses formations d'histoire de l'art à destination du corps enseignant et participé à la conception ainsi qu'à l'écriture de plusieurs publications pédagogiques.

© *Éditions Gallimard, 2009 pour l'anthologie, les notes, la lecture d'image et le dossier.*

Sommaire

Combats du 20ᵉ siècle en poésie   5
  La guerre de 1914-1918   7
  L'engagement communiste   27
  La Seconde Guerre mondiale   51
  La négritude   147
  Table des poèmes   175

Dossier

Du tableau au texte
  Analyse de *Les Constructeurs* de Fernand Léger (1950)   181

Le texte en perspective
  Vie littéraire : *La poésie engagée*   199
  L'écrivain à sa table de travail : *L'écriture à l'épreuve de l'Histoire*   209
  Groupement de textes thématique : *La guerre d'Espagne*   220
  Groupement de textes stylistique : *Engagement en prose*   233
  Chronologie : *Louis Aragon, Paul Éluard et leur temps*   248
  Éléments pour une fiche de lecture   258

Combats du 20ᵉ siècle en poésie

La guerre de 1914-1918

La Première Guerre mondiale est un véritable cataclysme qui ouvre l'histoire d'un siècle sanglant, et rompt violemment, irrémédiablement, avec toutes les guerres précédentes. Par la durée de l'effort consenti, par l'énormité des pertes humaines et des destructions matérielles, elle change le regard de l'homme sur la « civilisation » et l'idée de progrès. On entre dès lors dans l'ère de la « crise de la conscience européenne » : jamais plus rien ne sera comme avant. Les poètes qui font de la guerre un sujet sont impliqués dans les combats. Certains, comme Guillaume Apollinaire, meurent des suites d'une blessure, et de cette grippe espagnole qui fut comme une terrible prolongation du conflit.

Et dans l'ombre, la génération suivante, celle de Louis Aragon et Paul Éluard, déjà en âge de combattre, vit cette expérience dans sa chair, engrangeant des images qui, si elles ne font pas tout de suite d'eux des poètes, accélérèrent peut-être le processus de la révolte surréaliste et de l'engagement dans la Résistance.

GUILLAUME APOLLINAIRE (1880-1918)

Calligrammes (1918)

La petite auto

Le 31 du mois d'Août 1914
Je partis de Deauville un peu avant minuit
Dans la petite auto de Rouveyre

Avec son chauffeur nous étions trois

Nous dîmes adieu à toute une époque
Des géants furieux se dressaient sur l'Europe
Les aigles quittaient leur aire attendant le soleil
Les poissons voraces montaient des abîmes
Les peuples accouraient pour se connaître à fond
Les morts tremblaient de peur dans leurs sombres demeures

Les chiens aboyaient vers là-bas où étaient les frontières
Je m'en allais portant en moi toutes ces armées qui se battaient
Je les sentais monter en moi et s'étaler les contrées où elles
  serpentaient
Avec les forêts les villages heureux de la Belgique
Francorchamps avec l'Eau Rouge et les pouhons
Région par où se font toujours les invasions

Artères ferroviaires où ceux qui s'en allaient mourir
  saluaient encore une fois la vie colorée
Océans profonds où remuaient les monstres
Dans les vieilles carcasses naufragées
Hauteurs inimaginables où l'homme combat
Plus haut que l'aigle ne plane
L'homme y combat contre l'homme
Et descend tout à coup comme une étoile filante
Je sentais en moi des êtres neufs pleins de dextérité
Bâtir et aussi agencer un univers nouveau
Un marchand d'une opulence inouïe et d'une taille prodi-
  gieuse
Disposait un étalage extraordinaire
Et des bergers gigantesques menaient
De grands troupeaux muets qui broutaient les paroles
Et contre lesquels aboyaient tous les chiens sur la route

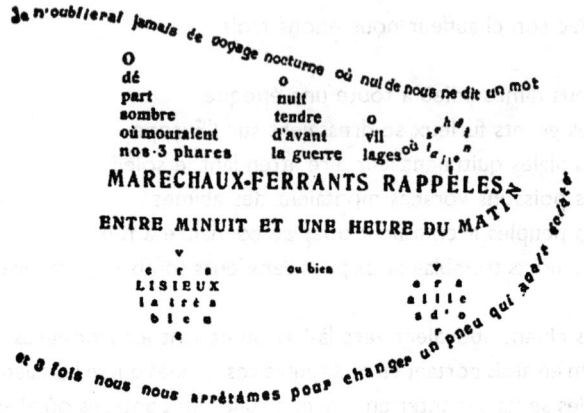

Et quand après avoir passé l'après-midi
Par Fontainebleau
Nous arrivâmes à Paris

Au moment où l'on affichait la mobilisation
Nous comprîmes mon camarade et moi
Que la petite auto nous avait conduits dans une époque
                    Nouvelle
Et bien qu'étant déjà tous deux des hommes mûrs
Nous venions cependant de naître

© Gallimard

Guerre

Rameau central de combat
    Contact par l'écoute
On tire dans la direction « des bruits entendus »
Les jeunes de la classe 1915
Et ces fils de fer électrisés
Ne pleurez donc pas sur les horreurs de la guerre
Avant elle nous n'avions que la surface
De la terre et des mers
Après elle nous aurons les abîmes
Le sous-sol et l'espace aviatique
Maîtres du timon [1]
Après après
Nous prendrons toutes les joies
Des vainqueurs qui se délassent
Femmes Jeux Usines Commerce
Industrie Agriculture Métal
Feu Cristal Vitesse
Voix Regard Tact à part

---

1. Gouvernail.

Et ensemble dans le tact venu de loin
De plus loin encore
De l'Au-delà de cette terre

© Gallimard

Les soupirs du servant de Dakar

C'est dans la cagnat[1] en rondins voilés d'osier
Auprès des canons gris tournés vers le nord
    Que je songe au village africain
Où l'on dansait où l'on chantait où l'on faisait l'amour
      Et de longs discours
        Nobles et joyeux

    Je revois mon père qui se battit
  Contre les Achantis[2]
  Au service des Anglais
    Je revois ma sœur au rire en folie
    Aux seins durs comme des obus
      Et je revois
Ma mère la sorcière qui seule du village
      Méprisait le sel
  Piler le millet dans un mortier
Je me souviens du si délicat si inquiétant

---

1. Mot apparu en 1914, dans l'argot militaire, et qui signifie abri.
2. Peuple noir du Ghâna, qui fonda au XVIIIe siècle un royaume puissant.

Fétiche dans l'arbre
Et du double fétiche de la fécondité
Plus tard une tête coupée
Au bord d'un marécage
Ô pâleur de mon ennemi
C'était une tête d'argent
  Et dans le marais
C'était la lune qui luisait
C'était donc une tête d'argent
Là-haut c'était la lune qui dansait
C'était donc une tête d'argent
Et moi dans l'antre j'étais invisible
C'était donc une tête de nègre dans la nuit profonde
    Similitudes Pâleurs
    Et ma sœur
    Suivit plus tard un tirailleur
      Mort à Arras

  Si je voulais savoir mon âge
    Il faudrait le demander à l'évêque
    Si doux si doux avec ma mère
    De beurre de beurre avec ma sœur
    C'était dans une petite cabane
Moins sauvage que notre cagnat de canonniers-servants
  J'ai connu l'affût au bord des marécages
    Où la girafe boit les jambes écartées
J'ai connu l'horreur de l'ennemi qui dévaste
      Le Village
     Viole les femmes
     Emmène les filles
Et les garçons dont la croupe dure sursaute
J'ai porté l'administrateur des semaines
    De village en village
     En chantonnant

Et je fus domestique à Paris
>> Je ne sais pas mon âge
>> Mais au recrutement
>> On m'a donné vingt ans
> Je suis soldat français on m'a blanchi du coup
> Secteur 59 je ne peux pas dire où
Pourquoi donc être blanc est-ce mieux qu'être noir
Pourquoi ne pas danser et discourir
>> Manger et puis dormir
Et nous tirons sur les ravitaillements boches
Ou sur les fils de fer devant les bobosses
Sous la tempête métallique
>> Je me souviens d'un lac affreux
Et de couples enchaînés par un atroce amour
>>> Une nuit folle
>> Une nuit de sorcellerie
>> Comme cette nuit-ci
> Où tant d'affreux regards
> Éclatent dans le ciel splendide

© Gallimard

Chant de l'honneur

LE POÈTE

Je me souviens ce soir de ce drame indien
Le Chariot d'Enfant un voleur y survient
Qui pense avant de faire un trou dans la muraille
Quelle forme il convient de donner à l'entaille
Afin que la beauté ne perde pas ses droits
Même au moment d'un crime
                         Et nous aurions je crois
À l'instant de périr nous poètes nous hommes
Un souci de même ordre à la guerre où nous sommes

Mais ici comme ailleurs je le sais la beauté
N'est la plupart du temps que la simplicité
Et combien j'en ai vu qui morts dans la tranchée
Étaient restés debout et la tête penchée
S'appuyant simplement contre le parapet

J'en vis quatre une fois qu'un même obus frappait
Ils restèrent longtemps ainsi morts et très crânes
Avec l'aspect penché de quatre tours pisanes

Depuis dix jours au fond d'un couloir trop étroit
Dans les éboulements et la boue et le froid
Parmi la chair qui souffre et dans la pourriture
Anxieux nous gardons la route de Tahure[1]

J'ai plus que les trois cœurs des poulpes pour souffrir
Vos cœurs sont tous en moi je sens chaque blessure
Ô mes soldats souffrants ô blessés à mourir
Cette nuit est si belle où la balle roucoule
Tout un fleuve d'obus sur nos têtes s'écoule
Parfois une fusée illumine la nuit
C'est une fleur qui s'ouvre et puis s'évanouit
La terre se lamente et comme une marée
Monte le flot chantant dans mon abri de craie
Séjour de l'insomnie incertaine maison
De l'Alerte la Mort et la Démangeaison

LA TRANCHÉE

Ô jeunes gens je m'offre à vous comme une épouse
Mon amour est puissant j'aime jusqu'à la mort
Tapie au fond du sol je vous guette jalouse
Et mon corps n'est en tout qu'un long baiser qui mord

LES BALLES

De nos ruches d'acier sortons à tire-d'aile
Abeilles le butin qui sanglant emmielle
Les doux rayons d'un jour qui toujours renouvelle
Provient de ce jardin exquis l'humanité
Aux fleurs d'intelligence à parfum de beauté

---

1. Nom d'un village détruit pendant la première bataille de la Marne, en septembre 1914.

LE POÈTE

Le Christ n'est donc venu qu'en vain parmi les hommes
Si des fleuves de sang limitent les royaumes
Et même de l'Amour on sait la cruauté
C'est pourquoi faut au moins penser à la Beauté
Seule chose ici-bas qui jamais n'est mauvaise
Elle porte cent noms dans la langue française
Grâce Vertu Courage Honneur et ce n'est là
Que la même Beauté

LA FRANCE

Poète honore-la
Souci de la Beauté non souci de la Gloire
Mais la Perfection n'est-ce pas la Victoire

LE POÈTE

Ô poètes des temps à venir ô chanteurs
Je chante la beauté de toutes nos douleurs
J'en ai saisi des traits mais vous saurez bien mieux
Donner un sens sublime aux gestes glorieux
Et fixer la grandeur de ces trépas pieux

L'un qui détend son corps en jetant des grenades
L'autre ardent à tirer nourrit les fusillades
L'autre les bras ballants porte des seaux de vin
Et le prêtre-soldat dit le secret divin

J'interprète pour tous la douceur des trois notes
Que lance un loriot[1] canon quand tu sanglotes

---

1. Nom d'un oiseau plus petit que le merle, au plumage jaune vif, sauf pour les ailes et la base du cou qui sont noires.

Qui donc saura jamais que de fois j'ai pleuré
Ma génération sur ton trépas sacré
Prends mes vers ô ma France Avenir Multitude
Chantez ce que je chante un chant pur le prélude
Des chants sacrés que la beauté de notre temps
Saura vous inspirer plus purs plus éclatants
Que ceux que je m'efforce à moduler ce soir
En l'honneur de l'Honneur la beauté du Devoir

17 décembre 1915.

© Gallimard

Tristesse d'une étoile

Une belle Minerve est l'enfant de ma tête
Une étoile de sang me couronne à jamais
La raison est au fond et le ciel est au faîte
Du chef où dès longtemps Déesse tu t'armais

C'est pourquoi de mes maux ce n'était pas le pire
Ce trou presque mortel et qui s'est étoilé
Mais le secret malheur qui nourrit mon délire
Est bien plus grand qu'aucune âme ait jamais celé

Et je porte avec moi cette ardente souffrance
Comme le ver luisant tient son corps enflammé
Comme au cœur du soldat il palpite la France
Et comme au cœur du lys le pollen parfumé

© Gallimard

BLAISE CENDRARS (1887-1961)
La Guerre au Luxembourg (1916)

CES ENFANTINES
sont dédiées
à mes camarades
de la Légion étrangère
Mieczyslaw KOHN, Polonais
tué à Frise ;
Victor CHAPMAN, Américain
tué à Verdun ;
Xavier de CARVALHO, Portugais
tué à la ferme de Navarin ;
Engagés Volontaires

MORTS
POUR LA FRANCE

BLAISE CENDRARS
MCMXVI

« Une deux, une deux
Et tout ira bien... »
Ils chantaient
Un blessé battait la mesure avec sa béquille
Sous le bandeau son œil
Le sourire du Luxembourg
Et les fumées des usines de munitions
Au-dessus des frondaisons d'or
Pâle automne fin d'été
On ne peut rien oublier
Il n'y a que les petits enfants qui jouent à la guerre
La Somme Verdun
Mon grand frère est aux Dardanelles[1]
Comme c'est beau
Un fusil   MOI!
Cris voix flûtées
Cris   MOI!
Les mains se tendent
Je ressemble à papa
On a aussi des canons
Une fillette fait le cycliste   MOI!
Un dada caracole
Dans le bassin les flottilles s'entrecroisent
Le méridien de Paris est dans le jet d'eau
On part à l'assaut du garde qui seul a un sabre authentique
Et on le tue à force de rire
Sur les palmiers encaissés le soleil pend
Médaille Militaire
On applaudit le dirigeable qui passe du côté de la Tour Eiffel
Puis on relève les morts

---

1. Détroit turc qui fut le théâtre de combats acharnés en 1915-1916, entre la flotte anglaise et les Turcs, soutenus par les Allemands.

Tout le monde veut en être
Ou tout au moins blessé   ROUGE
Coupe coupe
Coupe le bras coupe la tête   BLANC
On donne tout
Croix-Rouge   BLEU
Les infirmières ont 6 ans
Leur cœur est plein d'émotion
On enlève les yeux aux poupées pour réparer les aveugles
J'y vois ! j'y vois !
Ceux qui faisaient les Turcs sont maintenant brancardiers
Et ceux qui faisaient les morts ressuscitent pour assister à la merveilleuse opération
À présent on consulte les journaux illustrés
Les photographies
On se souvient de ce que l'on a vu au cinéma
Ça devient plus sérieux
On crie et l'on cogne mieux que Guignol
Et au plus fort de la mêlée
Chaud chaudes
Tout le monde se sauve pour aller manger les gaufres
Elles sont prêtes   R
Il est cinq heures.   Ê
Les grilles se ferment.   V
On rentre.   E
Il fait soir.   U
On attend le zeppelin[1] qui ne vient pas   R
Las   S
Les yeux aux fusées des étoiles
Tandis que les bonnes vous tirent par la main

---

1. Grand dirigeable rigide à carcasse métallique construit par les Allemands entre 1900 et 1937.

Et que les mamans trébuchent sur les grandes automobiles d'ombre

Le lendemain ou un autre jour
Il y a une tranchée dans le tas de sable
Il y a un petit bois dans le tas de sable
Des villes
Une maison
Tout le pays   La Mer
Et peut-être bien la mer
L'artillerie improvisée tourne autour des barbelés imaginaires
Un cerf-volant rapide comme un avion de chasse
Les arbres se dégonflent et les feuilles tombent par-dessus bord et tournent en parachute
Les 3 veines du drapeau se gonflent à chaque coup de l'obusier du vent
Tu ne seras pas emportée petite arche de sable
Enfants prodiges, plus que les ingénieurs
On joue en riant au tank aux gaz-asphyxiants au sous-marin-devant-new-york-qui-ne-peut-pas-passer
Je suis australien, tu es nègre, il se lave pour faire la vie-des-soldats-anglais-en-belgique
Casquette russe
1 légion d'honneur en chocolat vaut 3 boutons d'uniforme
Voilà le général qui passe
Une petite fille dit :
J'aime beaucoup ma nouvelle maman américaine
Et un petit garçon : — Non pas Jules Verne mais achète encore le beau communiqué du dimanche

À PARIS
Le jour de la Victoire quand les soldats reviendront...
Tout le monde voudra LES voir

Le soleil ouvrira de bonne heure comme un marchand de nougat un jour de fête
Il fera printemps au Bois de Boulogne ou du côté de Meudon
Toutes les automobiles seront parfumées et les pauvres chevaux mangeront des fleurs
Aux fenêtres les petites orphelines de la guerre auront toutes une belle robe patriotique
Sur les marronniers des boulevards les photographes à califourchon braqueront leur œil à déclic
On fera cercle autour de l'opérateur du cinéma qui mieux qu'un mangeur de serpents engloutira le cortège historique
Dans l'après-midi
Les blessés accrocheront leurs Médailles à l'Arc-de-Triomphe et rentreront à la maison sans boiter
Puis
Le soir
La place de l'Étoile montera au ciel
Le Dôme des Invalides chantera sur Paris comme une immense cloche d'or
Et les mille voix des journaux acclameront la Marseillaise
Femme de France

Paris, octobre 1916.

© Denoël

L'engagement communiste

L'histoire du parti communiste est inséparable, en France, de l'histoire d'une bonne partie de la littérature du XXe siècle. Les intellectuels et les écrivains qui y sont entrés l'ont fait avec une sincérité qui n'a pas manqué d'influer sur leur production littéraire. Être communiste ne relève pas seulement du projet intime d'un homme, c'est une vision du monde, une idée de la société, qui se traduit ensuite dans l'œuvre de l'artiste.

Entre les deux guerres, les adhésions au parti communiste sont finalement assez rares, et la première adhésion « massive » et concertée est à mettre sur le compte du groupe surréaliste, en 1926. Les jeunes poètes ne rencontrent à vrai dire que défiance de la part du Parti : on leur demande de rompre avec leurs expérimentations et de se métamorphoser en militants exemplaires. Louis Aragon sera le seul à se plier à cette contrainte, sous l'influence de sa rencontre avec Elsa Triolet, en 1928, qui fut, bien plus qu'une rencontre amoureuse, la rencontre avec un pays (l'URSS) et une idéologie (Elsa Triolet était la belle-sœur de Maïakovski, grand poète russe qui fut le porte-parole de la Révolution, et se suicida en 1930).

LOUIS ARAGON (1897-1982)
Persécuté persécuteur (1931)

« Front rouge » : ce poème fut placé en tête du recueil Persécuté persécuteur, imprimé le 25 octobre 1931 aux Éditions surréalistes, mais le livre ne sera en librairie qu'au printemps 1932 et le poème fut d'abord connu par sa publication, le premier juillet 1931, dans une revue russe éditée en français à Moscou par les organisateurs du congrès de Kharkov : Littérature de la Révolution mondiale. Il est probable que ce décalage entre la publication et la présence en librairie soit dû à la peur que le recueil entier ne fût interdit. En effet, la revue fut saisie à Paris en novembre 1931 et, le 16 janvier 1932, le juge d'instruction Benon inculpa le poète pour « excitation de militaires à la désobéissance et provocation au meurtre dans un but de propagande anarchiste ». Le délinquant était passible de cinq ans de prison. Le groupe surréaliste composa un tract intitulé L'Affaire Aragon, qui prenait la défense de l'écrivain et s'indignait contre l'utilisation, à des fins judiciaires, d'un texte poétique, recueillant en trois semaines plus de trois cents signatures émanant d'intellectuels français et européens.

Pourtant, bien que le groupe surréaliste prenne ici publiquement sa défense, ce poème fut à l'origine de la rupture entre Aragon et Breton, qui finit par confier combien il lui déplaisait en le qualifiant, simplement mais sèchement, de « poème de circonstance ».

Front rouge

II

Quand les hommes descendaient des faubourgs
et que Place de la République
le flot noir se formait comme un poing qui se ferme
les boutiques portaient leurs volets à leurs yeux
pour ne pas voir passer l'éclair
Je me souviens du Premier Mai mil neuf cent sept [1]
quand régnait la terreur dans les salons dorés
On avait interdit aux enfants d'aller à l'école
dans cette banlieue occidentale où ne parvenait qu'affaibli
l'écho lointain de la colère
Je me souviens de la manifestation Ferrer [2]
quand sur l'ambassade espagnole s'écrasa
la fleur d'encre de l'infamie
Paris il n'y a pas si longtemps
que tu as vu le cortège fait à Jaurès
et le torrent Sacco-Vanzetti [3]
Paris tes carrefours frémissent encore de toutes leurs narines
Tes pavés sont toujours prêts à jaillir en l'air
Tes arbres à barrer la route aux soldats
Retourne-toi grand corps appelle

---

1. Manifestation syndicale qui se termina par un coup de feu tiré sur la police. Aragon avait alors dix ans et vivait à Neuilly.
2. Du nom d'un anarchiste espagnol qui fut convaincu à tort de responsabilités dans l'insurrection contre la levée de troupes pour une expédition militaire au Maroc. Il fut fusillé en octobre 1909 malgré les nombreuses manifestations internationales.
3. Nom de deux anarchistes italiens qui furent condamnés à mort aux États-Unis et exécutés en août 1927 malgré une forte mobilisation internationale.

Belleville
Ohé Belleville et toi Saint-Denis
où les rois sont prisonniers des rouges
Ivry Javel et Malakoff
Appelle-les tous avec leurs outils
les enfants galopeurs apportant les nouvelles
les femmes aux chignons alourdis les hommes
qui sortent de leur travail comme d'un cauchemar
le pied encore chancelant mais les yeux clairs
Il y a toujours des armuriers dans la ville
des autos aux portes des bourgeois
Pliez les réverbères comme des fétus de paille
Faites valser les kiosques les bancs les fontaines Wallace
Descendez les flics
Camarades
descendez les flics
Plus loin plus loin vers l'ouest où dorment
les enfants riches et les putains de première classe
Dépasse la Madeleine Prolétariat
Que ta fureur balaye l'Élysée
Tu as bien droit au Bois de Boulogne en semaine
Un jour tu feras sauter l'Arc de triomphe
Prolétariat connais ta force
connais ta force et déchaîne-la

Il prépare son jour Sachez mieux voir
Entendez cette rumeur qui vient des prisons
Il attend son jour il attend son heure
sa minute la seconde
où le coup porté sera mortel
et la balle à ce point sûre que tous les médecins social-
    fascistes
penchés sur le corps de la victime

auront beau promener leurs doigts chercheurs sous la chemise de dentelle
ausculter avec des appareils de précision son cœur déjà pourrissant
ils ne trouveront pas le remède habituel
et tomberont aux mains des émeutiers qui les colleront au mur
Feu sur Léon Blum
Feu sur Boncour Frossard Déat[1]
Feu sur les ours savants de la social-démocratie
Feu feu j'entends passer
la mort qui se jette sur Garchery[2] Feu vous dis-je
Sous la conduite du parti communiste
SFIC[3]
vous attendez le doigt sur la gâchette
que ce ne soit plus moi qui vous crie
Feu
mais Lénine
le Lénine du juste moment

De Clairvaux[4] s'élève une voix que rien n'arrête
C'est le journal parlé
la chanson du mur
la vérité révolutionnaire en marche
Salut à Marty[5] le glorieux mutin de la mer Noire

---

1. Blum, Boncour, Frossard et Déat sont des députés socialistes, considérés par les communistes comme des « social-traîtres ».
2. Communiste dissident.
3. Nom pris par le parti communiste créé après le Congrès de Tours, en 1920, à la suite de la scission avec les socialistes de la SFIO. Le sigle signifie Section française de l'Internationale communiste.
4. Prison.
5. Homme politique communiste, héros de la mutinerie des marins français envoyés à Odessa en 1919 pour combattre la révolution soviétique.

Il sera libre encore ce symbole inutilement enfermé
Yen-Bay[1]
Quel est ce vocable qui rappelle qu'on ne bâillonne
pas un peuple qu'on ne le
mate pas avec le sabre courbe du bourreau
Yen-Bay
À vous frères jaunes ce serment
Pour chaque goutte de votre vie
coulera le sang d'un Varenne
Écoutez le cri des Syriens tués à coups de fléchettes
par les aviateurs de la Troisième République
Entendez les hurlements des Marocains[2] morts
sans qu'on ait mentionné leur âge ni leur sexe

Ceux qui attendent les dents serrées
d'exercer enfin leur vengeance
sifflent un air qui en dit long
un air un air UR
SS un air joyeux comme le fer SS
SR un air brûlant c'est l'espérance c'est l'air SSSR c'est la chanson
c'est la chanson d'Octobre aux fruits éclatants
Sifflez sifflez SSSR SSSR la patience
n'aura qu'un temps SSSR SSSR SSSR

III

Dans les plâtras croulants
parmi les fleurs fanées des décorations anciennes

---

1. Ville d'Indochine où eut lieu un soulèvement lancé à l'initiative du parti révolutionnaire national vietnamien, qui se solda par une terrible répression.
2. Allusion probable à la guerre du Rif (1925-1926), qui est à l'origine du ralliement d'Aragon à l'idéologie du parti communiste.

les derniers napperons et les dernières étagères
soulignent la survie étrange des bibelots
Mettez votre talon sur ces vipères qui se réveillent
Secouez ces maisons que les petites cuillères
en tombent avec les punaises la poussière les vieillards
Qu'il est doux qu'il est doux le gémissement qui sort des ruines
J'assiste à l'écrasement d'un monde hors d'usage
J'assiste avec enivrement au pilonnage des bourgeois
Y a-t-il jamais eu plus belle chasse que celle que l'on donne
à cette vermine qui se tapit dans tous les recoins des villes
Je chante la domination violente du Prolétariat sur la bourgeoisie
pour l'anéantissement de cette bourgeoisie
pour l'anéantissement total de cette bourgeoisie
Le plus beau monument qu'on puisse élever sur une place
la plus surprenante de toutes les statues
la colonne la plus audacieuse et la plus fine
l'arche qui se compare au prisme même de la pluie
ne valent pas l'amas splendide et chaotique
qu'on produit aisément avec une église et de la dynamite
Essayez pour voir

La pioche fait une trouée au cœur des docilités anciennes
Les écroulements sont des chansons où tournent des soleils
Hommes et murs d'autrefois tombent frappés de la même foudre
L'éclat des fusillades ajoute au paysage
une gaîté jusqu'alors inconnue
Ce sont des ingénieurs des médecins qu'on exécute
Mort à ceux qui mettent en danger les conquêtes d'Octobre
Mort aux saboteurs du Plan Quinquennal
À vous Jeunesses communistes

balayez les débris humains où s'attarde
l'araignée incantatoire du signe de croix
Volontaires de la construction du socialisme
chassez devant vous jadis comme un chien dangereux
Dressez-vous contre vos mères
Abandonnez la nuit la peste et la famille
Vous tenez dans vos mains un enfant rieur
un enfant comme on n'en a jamais vu
Il sait avant de parler toutes les chansons de la nouvelle vie
Il va vous échapper Il court Il rit déjà
Les astres descendent familièrement sur la terre
C'est bien le moins qu'ils brûlent en se posant
la charogne noire des égoïstes

Les fleurs de ciment et de pierre
les longues lianes du fer les rubans bleus de l'acier
n'ont jamais rêvé d'un printemps pareil
Les collines se couvrent de primevères gigantesques
Ce sont des crèches des cuisines pour vingt mille dîneurs
des maisons des maisons des clubs
pareils à des tournesols à des trèfles à quatre feuilles
Les routes se nouent comme des cravates
Il se lève une aurore au-dessus des salles de bains
Le Mai socialiste est annoncé par mille hirondelles
Dans les champs une grande lutte est ouverte
la lutte des fourmis et des loups
On ne peut pas se servir comme on voudrait des mitrailleuses
contre la routine et l'obstination
Mais déjà 80 % du pain cette année
provient des blés marxistes des kolkhozes
Les coquelicots sont devenus des drapeaux rouges
et des monstres nouveaux mâchonnent les épis

On ne sait plus ici ce que c'était que le chômage
Le bruit du marteau le bruit de la faucille
montent de la terre est-ce
bien la faucille est-ce est-ce
bien le marteau L'air est plein de criquets
Crécelles et caresses
URSS
Coups de feu coups de fouet Clameurs
C'est la jeunesse héroïque
Céréales aciéries SSSR SSSR
Les yeux bleus de la Révolution
brillent d'une cruauté nécessaire
SSSR SSSR SSSR SSSR

© Stock

LOUIS ARAGON
Hourra l'Oural (1934)

Ce recueil fit suite au deuxième voyage d'Aragon et d'Elsa Triolet en URSS, entre juin 1932 et mars 1933. Ils profitent du non-lieu prononcé en faveur d'Aragon dans « l'affaire Front rouge » pour voyager à nouveau. Ils furent pris en charge par les autorités, on leur proposa de découvrir les grands travaux en cours de réalisation dans l'Oural, dans le cadre du premier plan quinquennal. Ce voyage débouchera sur un hymne à l'industrialisation de l'Oural et au camarade Staline, qui nous paraît aujourd'hui bien discutable, mais nous permet de réfléchir sur ce qu'est une poésie qui prétend participer immédiatement à l'Histoire en affirmant son militantisme.

Hymne

Ils ont rendu l'homme à la terre
Ils ont dit Vous mangerez tous
Et vous mangerez tous

Ils ont jeté le ciel à terre
Ils ont dit Les dieux périront
Et les dieux périront

Ils ont mis en chantier la terre
Ils ont dit le temps sera beau
Et le temps sera beau

Ils ont fait un trou dans la terre
Ils ont dit Le feu jaillira
Et le feu jaillira

Parlant aux maîtres de la terre
Ils ont dit Vous succomberez
Et vous succomberez

Ils ont pris dans leurs mains la terre
Ils ont dit Le noir sera blanc
Et le noir sera blanc

Gloire sur la terre et les terres
au soleil des jours bolcheviks
Et gloire aux Bolcheviks

© Denoël

Réponse aux jacobins

Allons enfants
de
la
Mais je vous demande un peu ce que patrie a
à voir avec ce grand partage du monde
entre quelques-uns et l'énorme troupeau dépossédé
qui chante en russe d'ailleurs ici
Debout peuple travailleur *Le jour de* GLOIRE
est *t-a rri v*é
Et toi la Gloire maintenant ta gueule
Il s'agit bien de la gloire au coin des rues
quand la mitrailleuse attaque
Tac tac
le trottoir
quand il s'agit de ma peau de la tienne
d'avoir
la leur parce qu'il n'y a pas de patience qui tienne
et qu'il faut être les plus forts nous les fauchés
et la faux passe et nous en mordrons
l'acier avec nos dents et nous arracherons
les servants de la pièce et nous retournerons
la mort sur la mort et leur chanson sur les chanteurs

Allons enfants
Où en étais-je
Contre nous de la tyrannie
l'étendard
sanglant est levé
Ah quel dommage ah quel dommage véritablement
que tyrannie ait le nez grec
un pied de moins par-dessus le marché
que cette démocratie
dont aussi
L'étendard — ard sanglant — est levé
Entendez-vous dans nos campagnes
mugir ces féroces soldats
Et dans nos villes donc
et dans leurs villes
Les voyez-vous les flics les bourres[1] les gardes mobiles
et les fils à papa qui ont très longuement appris
à jouer de la matraque et du revolver en pensant aux grévistes
les voyez-vous dans les faubourgs
les voyez-vous dans la cour des usines
sur les ponts aux nœuds stratégiques de Paris
aux bouches de colère du métro partout
les hommes à nerf de bœuf du Capital
qui veillent à ce qu'il n'y ait ni scandale ni révolte
dans le bordel où le Prolétariat doit se vendre comme une putain
Les voyez-vous les maquereaux aux gants blancs qui sourient
à l'abri des chevaux et des gardes casqués
Ils viennent jusque dans nos bras
égorger nos fils et nos compagnes
Souviens-toi de soixante et onze
et du parapluie hystérique de leurs femmes

---

1. Policiers (en argot).

crevant les yeux des Communards sur le doux pavé de
   Versailles
et l'entrée à travers l'ouest complice des soudards[1]
Paris comme une claie[2] immense et les charniers
de Mai pourrissant sous la clameur du meurtre et de l'ivresse
et l'hallali[3] qui sonne au Père
Lachaise
La tombe est prête et l'enfant tombe
sur sa mère C'est encore
la Marseillaise
la Marseillaise avec les soldats de Fourmies[4]
la Marseillaise avec ceux de Draveil[5]
la Marseillaise aux colonies
la Marseillaise du Comité des Forges
la Marseillaise de la Social-Démocratie
la Marseillaise la Marseillaise
Chapeau bas Ta casquette toi pendant qu'on joue
la Marseillaise
Aux orties
d'ailleurs ta casquette mets ce casque
et prends ce fusil
Histoire de t'apprendre à vivre
quatre ans de Marseillaise avec
les pieds dans la merde et la gueule en sang
Marseillaise de Charleroi
Marseillaise des Dardanelles

---

1. Hommes de guerre brutaux et grossiers.
2. Treillage en bois ou en fer (pour passer quelque chose au crible, au tamis).
3. Dernier temps de la chasse où la bête est mise à mort.
4. Le 1er mai 1891, l'armée y tira sur des grévistes, faisant quelques morts et des blessés.
5. En 1908, une grande grève y eut lieu dans les sableries, ce qui déboucha sur des affrontements entre les grévistes, la police et l'armée.

Marseillaise de Verdun
Marseillaise du Chemin des Dames

Je salue ici
ceux qui se mutinèrent au Chemin des Dames
en mil neuf cent dix-sept
Je salue ici
ceux qui surgirent de la boue avec
à la bouche un grand cri
et tournèrent
leurs armes du côté de la Marseillaise

Et ceux qui dirent Feu
sur eux
sont encore de ce monde

Je salue ici
les ouvrières de Saint-Étienne qui se sont couchées
en travers des rails pour arrêter les trains
porteurs d'hommes et d'obus cahotants de chants et de cocardes
et que les trains écrasèrent
Je salue ici
le Prolétariat contre la guerre
pour la transformation de la guerre
en Révolution
Je salue ici
l'Internationale contre la Marseillaise
Cède le pas ô Marseillaise
à l'Internationale car voici
l'automne de tes jours voici
l'Octobre où sombrent tes derniers accents

Aux armes Citoyens
Qui parle Des généraux des marchands la police

Formez vos bataillons
Nous vous connaissons gendarmes
Marchons marchons eh bien qu'ils marchent
Nous les attendons Camarades
Vous êtes tous des ouvriers des paysans des travailleurs
C'est contre vous c'est contre nous qu'ils vont qu'ils marchent
Soyons unis Comment auraient-ils assez de balles pour nous tous
Et nous pouvons prendre les arsenaux et les armureries
Soyons unis dans l'action pas de pitié
Ils reviendront toujours plus forts Vous souvient-il
comment ils ont tué Sabatier
Soyons unis les voilà Que chantent-ils les vaches

Qu'un sang impur
abreuve nos sillons

On va bien voir lequel est le plus rouge
du sang du bourgeois ou du sang de l'ouvrier

Debout
peuple travailleur
Debout
les damnés de la terre[1]

© Denoël

---

1. Premier vers de *L'Internationale*, chant révolutionnaire inventé pendant la répression de la Commune de Paris en 1871, et au départ destiné à être chanté sur l'air de *La Marseillaise*. Il devint le chant traditionnel du mouvement ouvrier et l'hymne national de l'URSS jusqu'en 1944.

JACQUES PRÉVERT (1900-1977)
Paroles (1946)

Jacques Prévert a fréquenté le groupe surréaliste, mais sûrement plus par amitié à l'égard de certains de ses membres que par conviction pour l'entreprise d'expérimentation poétique menée par André Breton. C'est rue du Château, au domicile de Marcel Duhamel, le créateur de la Série noire, qu'il rencontre notamment le peintre Yves Tanguy, des proches du surréalisme et les écrivains Raymond Queneau et Michel Leiris. L'engagement politique attire également le jeune homme qui participe à l'aventure théâtrale du groupe Octobre, une troupe qui ira jouer à Moscou et dans les usines en grève.

Sur les quatre-vingts poèmes de Paroles, recueil de 1946, quarante-deux furent écrits entre 1930 et 1944 et publiés en revues.

Chanson dans le sang

Il y a de grandes flaques de sang sur le monde
où s'en va-t-il tout ce sang répandu
est-ce la terre qui le boit et qui se saoule
drôle de soûlographie alors
si sage... si monotone...
Non la terre ne se saoule pas
la terre ne tourne pas de travers

elle pousse régulièrement sa petite voiture ses quatre
   saisons
la pluie... la neige...
la grêle... le beau temps...
jamais elle n'est ivre
c'est à peine si elle se permet de temps en temps
un malheureux petit volcan
Elle tourne la terre
elle tourne avec ses arbres... ses jardins... ses maisons...
elle tourne avec ses grandes flaques de sang
et toutes les choses vivantes tournent avec elle et saignent...
Elle elle s'en fout
la terre
elle tourne et toutes les choses vivantes se mettent à hurler
elle s'en fout
elle tourne
elle n'arrête pas de tourner
et le sang n'arrête pas de couler...
Où s'en va-t-il tout ce sang répandu
le sang des meurtres... le sang des guerres...
le sang de la misère...
et le sang des hommes torturés dans les prisons...
le sang des enfants torturés tranquillement par leur papa et
   leur maman...
Et le sang des hommes qui saignent de la tête
dans les cabanons...
et le sang du couvreur
quand le couvreur glisse et tombe du toit
Et le sang qui arrive et qui coule à grands flots
avec le nouveau-né... avec l'enfant nouveau...
la mère qui crie... l'enfant pleure...
le sang coule... la terre tourne
la terre n'arrête pas de tourner
le sang n'arrête pas de couler

Où s'en va-t-il tout ce sang répandu
le sang des matraqués... des humiliés...
des suicidés... des fusillés... des condamnés...
et le sang de ceux qui meurent comme ça... par accident
Dans la rue passe un vivant
avec tout son sang dedans
soudain le voilà mort
et tout son sang est dehors
et les autres vivants font disparaître le sang
ils emportent le corps
mais il est têtu le sang
et là où était le mort
beaucoup plus tard tout noir
un peu de sang s'étale encore...
sang coagulé
rouille de la vie rouille des corps
sang caillé comme le lait
comme le lait quand il tourne
quand il tourne comme la terre
comme la terre qui tourne
avec son lait... avec ses vaches...
avec ses vivants... avec ses morts...
la terre qui tourne avec ses arbres... ses vivants... ses maisons...
la terre qui tourne avec les mariages...
les enterrements...
les coquillages...
les régiments...
la terre qui tourne et qui tourne
avec ses grands ruisseaux de sang.

1936

© Gallimard

Le paysage changeur

De deux choses lune
l'autre c'est le soleil
les pauvres les travailleurs ne voient pas ces choses
leur soleil c'est la soif la poussière la sueur le goudron
et s'ils travaillent en plein soleil le travail leur cache le soleil
leur soleil c'est l'insolation
et le clair de lune pour les travailleurs de nuit
c'est la bronchite la pharmacie les emmerdements les ennuis
et quand le travailleur s'endort il est bercé par l'insomnie
et quand son réveil le réveille
il trouve chaque jour devant son lit
la sale gueule du travail
qui ricane qui se fout de lui
alors il se lève
alors Il se lave
et puis il sort à moitié éveillé à moitié endormi
il marche dans la rue à moitié éveillée à moitié endormie
et il prend l'autobus
le service ouvrier
et l'autobus le chauffeur le receveur

et tous les travailleurs à moitié réveillés à moitié endormis
traversent le paysage figé entre le petit jour et la nuit
le paysage de briques de fenêtres à courants d'air de corridors
le paysage éclipse
le paysage prison
le paysage sans air sans lumière sans rires ni saisons
le paysage glacé des cités ouvrières glacées en plein été comme au cœur de l'hiver
le paysage éteint
le paysage sans rien
le paysage exploité affamé dévoré escamoté
le paysage charbon
le paysage poussière
le paysage cambouis
le paysage mâchefer
le paysage châtré gommé effacé relégué et rejeté dans l'ombre
dans la grande ombre
l'ombre du capital[1]
l'ombre du profit
Sur ce paysage parfois un astre luit
un seul
le faux soleil
le soleil blême
le soleil couché
le soleil chien du capital
le vieux soleil de cuivre
le vieux soleil clairon

---

1. Allusion au titre d'un ouvrage de Karl Marx (1818-1883), penseur politique qui inventa le concept de la lutte des classes, à l'origine de la pensée communiste. Le capital y est défini comme la richesse accumulée par le patronat grâce au travail des prolétaires, qui sont ainsi spoliés du fruit de leur labeur.

L'engagement communiste

le vieux soleil ciboire[1]
le vieux soleil fistule[2]
le dégoûtant soleil du roi soleil
le soleil d'Austerlitz
le soleil de Verdun
le soleil fétiche
le soleil tricolore et incolore
l'astre des désastres
l'astre de la vacherie
l'astre de la tuerie
l'astre de la connerie
le soleil mort.

Et le paysage à moitié construit à moitié démoli
à moitié réveillé à moitié endormi
s'effondre dans la guerre le malheur et l'oubli
et puis il recommence une fois la guerre finie
il se rebâtit lui-même dans l'ombre
et le capital sourit
mais un jour le vrai soleil viendra
un vrai soleil dur qui réveillera le paysage trop mou
et les travailleurs sortiront
ils verront alors le soleil
le vrai le dur le rouge soleil de la révolution
et ils se compteront
et ils se comprendront
et ils verront leur nombre
et ils regarderont l'ombre
et ils riront

---

1. Vase sacré en forme de coupe qui contient les hosties consacrées pour la communion, dans la religion catholique.
2. Canal d'origine congénitale ou accidentelle par où peuvent s'écouler l'urine, les matières fécales ou le pus.

et ils s'avanceront
une dernière fois le capital voudra les empêcher de rire
ils le tueront
et ils l'enterreront dans la terre sous le paysage de misère
et le paysage de misère de profits de poussières et de charbon
ils le brûleront
ils le raseront
et ils en fabriqueront un autre en chantant
un paysage tout nouveau tout beau
un vrai paysage tout vivant
ils feront beaucoup de choses avec le soleil
et même ils changeront l'hiver en printemps.

© Gallimard

La Seconde Guerre mondiale

Le second conflit mondial ouvre des voies diverses et nouvelles à l'engagement poétique. En témoigne le nombre de poètes concernés et l'intense production qui en découla. Cela s'explique de plusieurs façons. La génération en âge de témoigner est la génération à l'origine de l'aventure surréaliste, mouvement qui prônait une révolution non seulement littéraire et poétique, mais aussi politique et sociale. L'engagement s'imposait donc logiquement pour des poètes comme Louis Aragon, Paul Éluard ou Robert Desnos. D'autre part, l'entre-deux-guerres fut marqué par une politisation du champ littéraire : de nombreux écrivains s'affilièrent au parti communiste. Enfin, la nature particulière de cette guerre, de la « drôle de guerre », où l'on ne combat pas, à la France occupée, séparée en deux zones géographiques, le Nord sous contrôle allemand et le Sud sous contrôle du régime de Vichy, avec la collaboration comme mot d'ordre, ne rend-elle pas l'engagement plus vital, plus urgent ? Toujours est-il que la poésie se fait tract, libelle, publication clandestine, que les vers circulent comme des ferments de révolte, et que jamais la poésie n'a été en prise plus directe avec la réalité que pendant ces années sombres. Jamais on n'a eu autant conscience que la poésie était un acte.

Poèmes de l'Occupation

On a regroupé sous ce sous-titre des poèmes qui parlent plus particulièrement de la vie quotidienne des Français pendant l'Occupation car ce qui caractérise cette poésie de résistance, c'est le partage d'une expérience commune où le poète n'est pas seulement un témoin, mais aussi un Français parmi les autres, qui souffre des restrictions de liberté, qui s'élève contre ce que d'autres acceptent avec résignation et qui espère des lendemains qui chantent.

MAX JACOB (1876-1944)

Derniers poèmes en vers et en prose (posth. 1945)

Né à Quimper dans une famille bretonne d'origine juive, le poète se convertit au catholicisme en 1915. Il est arrêté par la Gestapo le 24 février 1944 puis interné à Drancy, où il meurt d'une congestion pulmonaire le 5 mars 1944, en dépit de diverses interventions pour le faire libérer, dont celle de Jean Cocteau. Ce poème fut rédigé dans le camp de Drancy.

Amour du prochain

Qui a vu le crapaud traverser une rue ? c'est un tout petit homme : une poupée n'est pas plus minuscule. Il se traîne sur les genoux : il a honte, on dirait... ? non ! Il est rhumatisant, une jambe reste en arrière, il la ramène ! Où va-t-il ainsi ? Il sort de l'égout, pauvre clown. Personne n'a remarqué ce crapaud dans la rue. Jadis personne ne me remarquait dans la rue, maintenant les enfants se moquent de mon étoile jaune. Heureux crapaud ! tu n'as pas l'étoile jaune.

© Gallimard

PIERRE JEAN JOUVE (1887-1976)
À la France 1939 (1940)

Poème paru dans la NRF, le 1ᵉʳ février 1940.

À la France 1939

J'ai vu les abbayes tranchées dans la campagne
J'ai vu les routes droites d'arbres pieux
J'ai vu les villes toujours méprisées
J'ai vu les labours vides pour la forêt sacrée
J'ai vu l'harmonie des simples et des vandales
J'ai vu le ciel nuageux le ciel éperdu.

Ô France ! écris silence le génie du soir
Ou celui du lointain. Les montagnes très faibles
Sont bleues évaporées comme des hymnes
Sur les fonds avec la marque d'un grand art
De la terre géante et des fins horizons
Pour des croyants dont les sourires sont des larmes.

Un espace infini, c'est ici notre terre
Tragique ligne de raisons et déraisons
Horizontale et l'homme y est reçu du ciel
Grâce terrible et l'homme avec la terre

Font le signe de la naissance de la croix,
L'humilité les mains sur son ventre les voit.

Qu'une autre masse avance aimée par la colère !
La même alla guérir le corps du Christ
Mais ses yeux à présent brillent seulement de l'ombre,
D'une lourde d'une légère guillotine
Elle détruit ses statues par la tête
Et de son vaste sol elle arrache les croix.

Ô peuple laboureur venu des glèbes pures
Ami des anciens temps
Ô peuple bâtisseur de la plus simple ligne
Nue et qui établis nombre et faim spirituelle
Ô peuple d'yeux ouverts et de vision,
Et peuple de vertu sans culotte et sans pain
Aux cheveux longs bouclés contre la guillotine,

Ô candide
Divisé au grand jour par les plus dures larmes,
Voici ton temps venu : regarde entends
Ô peuple n'oublie pas ton sang ! Ô ne perds pas
Ta haine de la mort et ta piété des morts
Ta puissance de mourir dans une foi
Qui brûle la vie comme de suaves montagnes !

Les croisés ajustent par des soins pieux
Leur cœur et leur prière et leur armure
Un mémorial chagrin d'hécatombe future
À peine durcit le tour de leurs yeux bleus
La guerre sera longue hideuse et dure
Guerre des fléaux noirs et des nuages peints
Guerre des dégradations et pourritures
Où les nations luttent sans l'avoir su

Pour le salut d'un homme le plus ancien
Ou d'une âme sacrée éprouvée immuable

Jamais majesté de combat plus vénérable
Ni la lance ne regarda mieux le dragon
Jamais les anges n'ont jeté si justes coupes
De feux de douleur et de passion.

Nos âmes sont liées sous la robe de Dieu
Elles ne craindront pas quand il s'agit de Dieu
Et le monstre épais et subtil de l'outrage
Déjà tremble de la décision des anges
Ceux de la mélinite et de la peste et ceux
De l'âme limpide immortelle aux grands yeux.

Notre-Dame de Chartres ! bénis sur ta plaine
Tes enfants seuls et courageux
Car leurs champs ont produit un blé lourd de canons
Moissons de fraternité grise et de vengeance
Les enfants mêmes de leurs doigts de délivrance
Feraient tonner les trous de ces canons.

Et France ! envoyée des deux tours éternelles
La croix du Christ encor se voit contre ton sein
Et sur ton front léger le bonnet phrygien :
Poursuis à mort la guerre au tueur pourrissant
Tes beaux yeux consacrés par la Liberté pure
Le sang rouge, le bleu divin, et l'ange blanc.

© Gallimard

PAUL ÉLUARD (1895-1952)
Les Armes de la douleur (1944)
in *Au rendez-vous allemand*

Ce poème a d'abord été publié dans le numéro 5 (janvier-février) des Lettres françaises *(clandestines) en 1943, sans signature et avec une ponctuation, puis repris dans plusieurs revues et dans* L'Honneur des poètes, 1943, *sous le pseudonyme de Maurice Hervent. Il est paru sous le nom de Paul Éluard dans* Au rendez-vous allemand, *publié à Paris en 1944.*

Courage

Paris a froid Paris a faim
Paris ne mange plus de marrons dans la rue
Paris a mis de vieux vêtements de vieille
Paris dort tout debout sans air dans le métro
Plus de malheur encore est imposé aux pauvres
Et la sagesse et la folie
De Paris malheureux
C'est l'air pur c'est le feu
C'est la beauté c'est la bonté
De ses travailleurs affamés
Ne crie pas au secours Paris
Tu es vivant d'une vie sans égale
Et derrière la nudité

De ta pâleur de ta maigreur
Tout ce qui est humain se révèle en tes yeux
Paris ma belle ville
Fine comme une aiguille forte comme une épée
Ingénue et savante
Tu ne supportes pas l'injustice
Pour toi c'est le seul désordre
Tu vas te libérer Paris
Paris tremblant comme une étoile
Notre espoir survivant
Tu vas te libérer de la fatigue et de la boue
Frères ayons du courage
Nous qui ne sommes pas casqués
Ni bottés ni gantés ni bien élevés
Un rayon s'allume en nos veines
Notre lumière nous revient
Les meilleurs d'entre nous sont morts pour nous
Et voici que leur sang retrouve notre cœur
Et c'est de nouveau le matin un matin de Paris
La pointe de la délivrance
L'espace du printemps naissant
La force idiote a le dessous
Ces esclaves nos ennemis
S'ils ont compris
S'ils sont capables de comprendre
Vont se lever.

1942.

© Minuit

PAUL ÉLUARD

Au rendez-vous allemand (1944)

Ce poème a d'abord été publié (ponctué) dans les Cahiers du communisme en 1944 (novembre) puis dans un programme de gala, «Hommage de Paris à ses libérateurs», palais de Chaillot, 11 novembre 1944.

En plein mois d'août

En plein mois d'août un lundi soir de couleur tendre
Un lundi soir pendu aux nues
Dans Paris clair comme un œuf frais
En plein mois d'août notre pays aux barricades
Paris osant montrer ses yeux
Paris osant crier victoire
En plein mois d'août un lundi soir

Puisqu'on a compris la lumière
Pourra-t-il faire nuit ce soir
Puisque l'espoir sort des pavés
Sort des fronts et des poings levés
Nous allons imposer l'espoir
Nous allons imposer la vie
Aux esclaves qui désespèrent

En plein mois d'août nous oublions l'hiver
Comme on oublie la politesse des vainqueurs
Leurs grands saluts à la misère et à la mort
Nous oublions l'hiver comme on oublie la honte
En plein mois d'août nous ménageons nos munitions
Avec raison et la raison c'est notre haine
Ô rupture de rien rupture indispensable

La douceur d'être en vie la douleur de savoir
Que nos frères sont morts pour que nous vivions libres
Car vivre et faire vivre est au fond de nous tous
Voici la nuit voici le miroir de nos rêves
Voici minuit minuit point d'honneur de la nuit
La douceur et le deuil de savoir qu'aujourd'hui
Nous avons tous ensemble compromis la nuit.

© Minuit

LOUIS ARAGON
Le Crève-cœur (1941)

Poème signé de son nom et publié sans l'autorisation du poète dans Le Figaro *du 21 septembre 1941. Aragon l'avait lu à Jean Paulhan, qui l'avait retranscrit de mémoire, d'où les quelques fautes qu'Aragon corrigea ensuite, dans une version « autorisée » parue le 28 septembre. C'est le premier poème paru après l'armistice, ce qui explique son retentissement. Il fut repris dans* Le Crève-cœur, *publié en avril 1941 chez Gallimard.*

Les lilas et les roses

Ô mois des floraisons mois des métamorphoses
Mai qui fut sans nuage et Juin poignardé
Je n'oublierai jamais les lilas ni les roses
Ni ceux que le printemps dans ses plis a gardés

Je n'oublierai jamais l'illusion tragique
Le cortège les cris la foule et le soleil
Les chars chargés d'amour les dons de la Belgique
L'air qui tremble et la route à ce bourdon d'abeilles
Le triomphe imprudent qui prime la querelle
Le sang que préfigure en carmin le baiser
Et ceux qui vont mourir debout dans les tourelles
Entourés de lilas par un peuple grisé

Je n'oublierai jamais les jardins de la France
Semblables aux missels des siècles disparus
Ni le trouble des soirs l'énigme du silence
Les roses tout le long du chemin parcouru
Le démenti des fleurs au vent de la panique
Aux soldats qui passaient sur l'aile de la peur
Aux vélos délirants aux canons ironiques
Au pitoyable accoutrement des faux campeurs

Mais je ne sais pourquoi ce tourbillon d'images
Me ramène toujours au même point d'arrêt
À Sainte-Marthe Un général De noirs ramages
Une villa normande au bord de la forêt
Tout se tait L'ennemi dans l'ombre se repose
On nous a dit ce soir que Paris s'est rendu
Je n'oublierai jamais les lilas ni les roses
Et ni les deux amours que nous avons perdus

Bouquets du premier jour lilas lilas des Flandres
Douceur de l'ombre dont la mort farde les joues
Et vous bouquets de la retraite roses tendres
Couleur de l'incendie au loin roses d'Anjou

© Aragon

LOUIS ARAGON
La Diane française (1945)

Le poème fut publié sous le pseudonyme de Jacques Destaing dans L'Honneur des poètes, *Éditions de Minuit, 14 juillet 1943, et repris dans* Neuf chansons inédites, 1942-1944, *paru sous le pseudonyme de François Lacolère à la Bibliothèque française, et ensuite repris dans* La Diane française, *Éditions Seghers, en décembre 1944. Le poème raconte la rafle qui eut lieu dans le Vieux-Port de Marseille, le 24 janvier 1943, avec l'appui des autorités françaises.*

Romance des quarante mille

Qu'ont dit mourant les cheminots de Rennes [1]
Qu'ont fredonné les cachots de Paris
Cette clameur que les bourreaux entraînent
Châteaubriant [2] les passants la reprennent
Et fusillé le refrain refleurit

---

1. À Rennes, fin 1942, les Allemands fusillèrent des résistants qui étaient cheminots et communistes.
2. Le 22 octobre 1941, les Allemands fusillèrent à Chateaubriant 27 prisonniers, en représailles, pour le meurtre d'un officier nazi. Parmi eux : Guy Môquet, Jean-Pierre Timbaud, Charles Michels.

La Seconde Guerre mondiale 65

Désespérant ailleurs te faire taire
Voici chez toi les étendards gammés
Chanson qu'avant nous nos aïeux chantèrent
Tu disais vrai Chanson des Volontaires [1]
Et dans nos bras saignent nos bien-aimées

Tes mots avaient ici toujours le sens
Dont se grisa l'Europe en d'autres temps
Et les tyrans pâles de leur puissance
Vinrent chercher où le chant prit naissance
Dans le Vieux-Port ce cœur rouge battant

Quel poing de fer a frappé sur la porte
Que voulez-vous fils de la trahison
Qu'avons-nous fait qui fait qu'on nous déporte
Comme à des serfs qui tombent en mainmorte
Oserez-vous nous prendre nos maisons

Où je suis né laissez-moi que j'y meure
Dit le vieillard à ceux qui le chassaient
Quoi Des Français nous volent nos demeures
Quoi Des Français se sont fait écumeurs
Pour l'ennemi torturant des Français

Ça des Français Les enfants les regardent
Avec des yeux qui croient qu'on les trompa
Il faut s'enfuir avec ses maigres hardes
Ça des Français Ô Vierge de la Garde
Vous les voyez et vous ne bronchez pas

Que l'étranger ne trouve que les braises
De notre haine au foyer déserté

---

1. Allusion au bataillon des volontaires alsaciens constitué en 1792.

Janvier vengeur souffle une Marseillaise
Par la fenêtre où vont valser les chaises
Jette ton cœur s'il ne peut s'emporter

Quarante mille en marche vers le bagne
L'étrange chaîne et l'étrange convoi
D'Afrique vient qui tourne et l'accompagne
Un vent d'espoir[1] dont blêmit la campagne
Et la chiourme écoute cette voix

Un air ancien dont les Tyrans s'émurent
Siffle ce soir au simoun d'Algérie
Quarante mille en marche et qui murmurent
Cet air issu Marseille de tes murs
Quarante mille enfants de la Patrie

© Seghers

---

1. Allusion au débarquement des Alliés en Algérie le 8 novembre 1942.

HENRI MICHAUX (1899-1984)
Épreuves, exorcismes 1940-1944 (1945)

Paru dans Confluences *d'avril-mai 1943, la revue lyonnaise de René Tavernier, ce texte émane d'un poète dont l'œuvre ne s'est jamais définie comme engagée. Il est pourtant à l'évidence, en même temps qu'un témoignage spirituel, un poème de résistance.*

La lettre

Je vous écris d'un pays autrefois clair. Je vous écris du pays du manteau et de l'ombre. Nous vivons depuis des années, nous vivons sur la Tour du pavillon en berne. Oh! Été! Été empoisonné! Et depuis c'est toujours le même jour, le jour au souvenir incrusté...

Le poisson pêché pense à l'eau tant qu'il le peut. Tant qu'il le peut, n'est-ce pas naturel? Au sommet d'une pente de montagne, on reçoit un coup de pique. C'est ensuite toute une vie qui change. Un instant enfonce la porte du Temple.

Nous nous consultons. Nous ne savons plus. Nous n'en savons pas plus l'un que l'autre. Celui-ci est affolé. Celui-là confondu. Tous sont désemparés. Le calme n'est plus. La sagesse ne dure pas le temps d'une inspiration. Dites-moi.

Qui ayant reçu trois flèches dans la joue se présentera d'un air dégagé ?

La mort prit les uns. La prison, l'exil, la faim, la misère prirent les autres. De grands sabres de frisson nous ont traversés, l'abject et le sournois ensuite nous ont traversés.

Qui sur notre sol reçoit encore le baiser de la joie jusqu'au fond du cœur ?

L'union du moi et du vin est un poème. L'union du moi et de la femme est un poème. L'union du ciel et de la terre est un poème. Mais le poème que nous avons entendu a paralysé notre entendement.

Notre chant dans la peine trop grande n'a pu être proféré. L'art à la trace de jade s'arrête. Les nuages passent, les nuages aux contours de roches, les nuages aux contours des pêches, et nous, pareils à des nuages nous passons, bourrés des vaines puissances de la douleur.

On n'aime plus le jour. Il hurle. On n'aime plus la nuit, hantée de soucis. Mille voix pour s'enfoncer. Nulle voix pour s'appuyer. Notre peau se fatigue de notre pâle visage.

L'événement est grand. La nuit aussi est grande, mais que peut-elle ? Mille astres de la nuit n'éclairent pas un seul lit. Ceux qui savaient ne savent plus. Ils sautent avec le train, ils roulent avec la roue.

« Se garder soi dans le sien ? » Vous n'y songez pas ! La maison solitaire n'existe pas dans l'île aux perroquets. Dans la chute s'est montrée la scélératesse. Le pur n'est pas pur. Il montre son obstiné, son rancunier. Certains se manifestent dans les glapissements. D'autres se manifestent dans l'esquive. Mais la grandeur ne se manifeste pas.

L'ardeur en secret, l'adieu à la vérité, le silence de la dalle, le cri du poignardé, l'ensemble du repos glacé et des sentiments qui brûlent a été notre ensemble, et la route du chien perplexe notre route.

Nous ne nous sommes pas reconnus dans le silence, nous

ne nous sommes pas reconnus dans les hurlements, ni dans nos grottes, ni dans les gestes des étrangers. Autour de nous la campagne est indifférente et le ciel sans intentions.

Nous nous sommes regardés dans le miroir de la mort. Nous nous sommes regardés dans le miroir du sceau insulté, du sang qui coule, de l'élan décapité, dans le miroir charbonneux des avanies.

Nous sommes retournés aux sources glauques.

© Gallimard

La lettre dit encore...

... je vous écris de la Cité du Temps interrompu. La catastrophe lente ne s'achève pas. Notre vie s'écoule, notre vie s'amenuise et nous attendons encore « le moment qui repasse le mur ».

Le vieux différend unit le frère au frère. Dans l'enceinte du froid tout le monde enfermé. Ceux qui possédaient possèdent sans plus posséder. Chacun est pauvre en soi, n'occupant même pas son lit. Souci l'occupe.

Le désordre est partout. Les oreilles sont pour l'unification de l'Univers, mais les bras sont pour tomber dessus et la léthargie pour laisser faire.

Le fer ne pèse plus. Il se rencontre dans la haute atmosphère, solide, rapide, fait au mal. Mais la pensée pèse. Elle n'a jamais tant pesé.

Il a menti le proverbe « Personne n'est blessé deux fois de la même flèche ». Comment? Pas deux fois. Deux mille fois deux fois et elle blesse encore, toute aiguë. Sous la pensée jamais éteinte, le front brûle. Le baume de l'oubli n'a pu être préparé...

Ceux qui parlent enflent leurs voix, mais ils enflent aussi la vérité. La meute s'est lancée en région étendue. Une meute ne demande qu'à courir, mais qui demande à être traqué? La meute avec grands aboiements s'est répandue...

. . . .

Je vous écris des pays de l'atroce, je vous écris de la Capitale à la foule endormie. On vit en indifférence dans l'horreur. On appelle la fin et vient celle du nivellement... Les formes nobles ne se montrent plus. On voit les cous tendus pour se baisser. La paix a honte...

Sachez-le aussi : Nous n'avons plus nos mots. Ils ont reculé en nous-mêmes. En vérité, elle vit, elle erre parmi nous LA FACE À LA BOUCHE PERDUE.

. . . .

Parfois, dans un grand bruit, nos maisons à étages de poussière à la rue se déversent. Les fonctionnaires à la course à la mort restent innombrables.

. . . .

Je m'arrête de vous écrire. Non, n'envoyez pas un préparateur des fêtes. Non, il n'est pas temps encore.

. . . .

Nous sommes restés assis sur la margelle du puits abandonné. Tout avait couleur de ferraille et de poutre enfumée et couleur de fatigue profonde.

Des triangles d'oiseaux rigides parcouraient le ciel à grand bruit.

Désespoir comme la pluie, et jusques à quand tombera-t-elle?

Petit vieux vaniteux, voulant régner, laissant tuer, battu content, tenait une poupée.

Le temps s'écoulait, réponse évasive, les années en lanière, entre les doigts des traîtres.

Nous nous sommes regardés en silence.

Nous nous sommes regardés avec le sérieux précoce des enfants d'aveugle.

© Gallimard

JACQUES PRÉVERT
Paroles (1946)

La ville de Brest connut, entre le 19 juin 1940 et le 18 septembre 1944, près de 165 bombardements qui la détruisirent complètement.

Barbara

Rappelle-toi Barbara
Il pleuvait sans cesse sur Brest ce jour-là
Et tu marchais souriante
Épanouie ravie ruisselante
Sous la pluie
Rappelle-toi Barbara
Il pleuvait sans cesse sur Brest
Et je t'ai croisée rue de Siam
Tu souriais
Et moi je souriais de même
Rappelle-toi Barbara
Toi que je ne connaissais pas
Toi qui ne me connaissais pas
Rappelle-toi
Rappelle-toi quand même ce jour-là
N'oublie pas

La Seconde Guerre mondiale 73

Un homme sous un porche s'abritait
Et il a crié ton nom
Barbara
Et tu as couru vers lui sous la pluie
Ruisselante ravie épanouie
Et tu t'es jetée dans ses bras
Rappelle-toi cela Barbara
Et ne m'en veux pas si je te tutoie
Je dis tu à tous ceux que j'aime
Même si je ne les ai vus qu'une seule fois
Je dis tu à tous ceux qui s'aiment
Même si je ne les connais pas
Rappelle-toi Barbara
N'oublie pas
Cette pluie sage et heureuse
Sur ton visage heureux
Sur cette ville heureuse
Cette pluie sur la mer
Sur l'arsenal
Sur le bateau d'Ouessant
Oh Barbara
Quelle connerie la guerre
Qu'es-tu devenue maintenant
Sous cette pluie de fer
De feu d'acier de sang
Et celui qui te serrait dans ses bras
Amoureusement
Est-il mort disparu ou bien encore vivant
Oh Barbara
Il pleut sans cesse sur Brest
Comme il pleuvait avant
Mais ce n'est plus pareil et tout est abîmé
C'est une pluie de deuil terrible et désolée
Ce n'est même plus l'orage

De fer d'acier de sang
Tout simplement des nuages
Qui crèvent comme des chiens
Des chiens qui disparaissent
Au fil de l'eau sur Brest
Et vont pourrir au loin
Au loin très loin de Brest
Dont il ne reste rien.

© Gallimard

JEAN TARDIEU (1903-1995)
Jours pétrifiés (1943-1947)

Mobilisé en 1940, l'écrivain participe à de nombreuses publications clandestines de la Résistance et, à la Libération, il est nommé directeur des émissions dramatiques de l'ORTF. Après les années du Club d'essai, il termine sa carrière radiophonique en créant, avec Marius Constant, France-Musique, dont il sera le directeur des programmes.

Le paysage

Non, la terre n'est pas couverte d'arbres, de pierres, de fleuves : elle est couverte d'hommes.

Si les meilleurs sont enfermés dans un long supplice, s'il n'y a plus que le mensonge qui se montre, chamarré de fausses prairies,

si quelqu'un te dit : « Admire le soleil ! » — et tu ne vois que le miroitement de la boue, ou bien : « Fais ton devoir ! » — et on te tend un couteau pour égorger ta mère et ton frère, alors tous les arbres sont abattus, les pierres noircissent et s'effritent, les fleuves sont des cloaques infâmes.

Tu ne peux plus avancer, tu n'oses plus regarder ni entendre. Méfie-toi du mouvement des feuilles : de patients imposteurs les agitent pour te perdre. Dans le bourdonnement touffu de la batteuse, un monstre caché guette le grain. Tu te détournes avec horreur.

Brusquement, un jour d'été, les démons ôteront leur masque et, désignant vingt millions de cadavres alignés, éclateront de rire : « Hein ! quelle bonne farce ! »

Aussitôt, les vrais hommes remonteront au grand jour. Même ceux qui sont morts. Ils parleront droit et juste, à haute voix. Alors il y aura de nouveau des arbres, des pierres, des fleuves.

Tu longeras un mur : il te répondra gentiment. Tu prendras une branche, elle te dira « Je t'aime », tu pourras la serrer sur ton cœur.

© Gallimard

RENÉ CHAR (1907-1988)
Feuillets d'Hypnos (1946)

Après une rencontre déterminante avec Paul Éluard et l'expérience surréaliste de 1929 à 1934, René Char s'en éloigne pour trouver sa propre voie poétique, loin de toute contrainte. La guerre le surprend et l'éloigne pour un temps de sa carrière de poète : il entre dans la clandestinité et devient résistant dans les maquis des Basses-Alpes, sous le nom de capitaine Alexandre. Les textes de Feuillets d'Hypnos, *écrits entre 1943 et 1944, se présentent comme de simples « notes », qui témoignent de l'engagement dans l'action et du refus de se consacrer à la poésie, d'où cette forme inachevée. Dans son introduction, il les présente ainsi : « Ces notes [...] furent écrites dans la tension, la colère, la peur, l'émulation, le dégoût, la ruse, le recueillement furtif, l'illusion de l'avenir, l'amitié, l'amour. C'est dire combien elles sont affectées par l'événement. Ensuite plus souvent survolées que relues. »*

4

Être stoïque, c'est se figer, avec les beaux yeux de Narcisse. Nous avons recensé toute la douleur qu'éventuellement le bourreau pouvait prélever sur chaque pouce de notre corps ; puis le cœur serré, nous sommes allés et avons fait face.

30

Archiduc me confie qu'il a découvert sa vérité quand il a épousé la Résistance. Jusque-là il était un acteur de sa vie frondeur et soupçonneux. L'insincérité l'empoisonnait. Une tristesse stérile peu à peu le recouvrait. Aujourd'hui *il aime*, il se dépense, il est engagé, il va nu, il provoque. J'apprécie beaucoup cet alchimiste.

46

L'acte est vierge, même répété.

99

Tel un perdreau mort, m'est apparu ce pauvre infirme que les Miliciens ont assassiné à Vachères après l'avoir dépouillé des hardes qu'il possédait, l'accusant d'héberger des réfractaires. Les bandits avant de l'achever jouèrent longtemps avec une fille qui prenait part à leur expédition. Un œil arraché, le thorax défoncé, l'innocent absorba cet enfer et LEURS RIRES.

(Nous avons capturé la fille.)

138

Horrible journée ! J'ai assisté, distant de quelque cent mètres, à l'exécution de B. Je n'avais qu'à presser la détente du fusil-mitrailleur et il pouvait être sauvé ! Nous étions sur les hauteurs dominant Céreste, des armes à faire craquer les buissons et au moins égaux en nombre aux SS. Eux ignorant que nous étions là. Aux yeux qui imploraient partout autour de moi le signal d'ouvrir le feu, j'ai répondu non de la tête... Le soleil de juin glissait un froid polaire dans mes os.

Il est tombé comme s'il ne distinguait pas ses bourreaux et si léger, il m'a semblé, que le moindre souffle de vent eût dû le soulever de terre.

217

Olivier le Noir m'a demandé une bassine d'eau pour nettoyer son revolver. Je suggérai la graisse d'arme. Mais c'est bien l'eau qui convenait. Le sang sur les parois de la cuvette demeurait hors de portée de mon imagination. À quoi eût servi de se représenter la silhouette honteuse, effondrée, le canon dans l'oreille, dans son enroulement gluant ? Un justicier rentrait, son labeur accompli, comme un qui, ayant bien rompu sa terre, décrotterait sa bêche avant de sourire à la flambée de sarments.

© Gallimard

RENÉ CHAR
Le Nu perdu (1971)

Faction du muet

Les pierres se serrèrent dans le rempart et les hommes vécurent de la mousse des pierres. La pleine nuit portait fusil et les femmes n'accouchaient plus. L'ignominie avait l'aspect d'un verre d'eau.

Je me suis uni au courage de quelques êtres, j'ai vécu violemment, sans vieillir, mon mystère au milieu d'eux, j'ai frissonné de l'existence de tous les autres, comme une barque incontinente au-dessus des fonds cloisonnés.

© Gallimard

Poèmes de combat

Tous les poèmes écrits pendant la Seconde Guerre mondiale sont, de près ou de loin, des poèmes de combat. Mais il en est qui sont plus vindicatifs, plus virulents que d'autres. Ce sont véritablement des poèmes qui ont « pris les armes », qui se révoltent contre, plutôt qu'ils ne déplorent, la situation dramatique que vit la France.

PAUL ÉLUARD

Les Armes de la douleur (1944)
in *Le Rendez-vous allemand*

    Ce premier poème a fourni son titre au recueil paru à Toulouse en 1944. Il est dédié à Lucien Legros, élève de l'École alsacienne arrêté en avril 1942 à la suite d'une manifestation au lycée Buffon. Jugé par un tribunal français, il fut condamné aux travaux forcés à perpétuité, puis livré à la Gestapo. Il fut torturé et tué.

Les armes de la douleur

À la mémoire de Lucien Legros fusillé pour ses dix-huit ans.

I

    Daddy des Ruines
    Homme au chapeau troué
    Homme aux orbites creuses
    Homme au feu noir
    Homme au ciel vide
    Corbeau fait pour vivre vieux
    Tu avais rêvé d'être heureux

Daddy des Ruines
Ton fils est mort
Assassiné

Daddy la Haine
Ô victime cruelle
Mon camarade des deux guerres
Notre vie est tailladée
Saignante et laide
Mais nous jurons
De tenir bientôt le couteau

Daddy l'Espoir
L'espoir des autres
Tu es partout.

II

J'avais dans mes serments bâti trois châteaux
Un pour la vie un pour la mort un pour l'amour
    Je cachais comme un trésor
    Les pauvres petites peines
    De ma vie heureuse et bonne

J'avais dans la douceur tissé trois manteaux
Un pour nous deux et deux pour notre enfant
    Nous avions les mêmes mains
    Et nous pensions l'un pour l'autre
    Nous embellissions la terre

J'avais dans la nuit compté trois lumières
Le temps de dormir tout se confondait
Fils d'espoir et fleur miroir œil et lune
Homme sans saveur mais clair de langage
Femme sans éclat mais fluide aux doigts

Brusquement c'est le désert
Et je me perds dans le noir
L'ennemi s'est révélé
Je suis seule dans ma chair
Je suis seule pour aimer.

III

Cet enfant aurait pu mentir
Et se sauver

La molle plaine infranchissable
Cet enfant n'aimait pas mentir
Il cria très fort ses forfaits
Il opposa sa vérité
La vérité
Comme une épée à ses bourreaux
Comme une épée sa loi suprême

Et ses bourreaux se sont vengés
Ils ont fait défiler la mort
L'espoir la mort l'espoir la mort
Ils l'ont gracié puis ils l'ont tué

On l'avait durement traité
Ses pieds ses mains étaient brisés
Dit le gardien du cimetière.

IV

Une seule pensée une seule passion
Et les armes de la douleur.

V

Des combattants saignant le feu
Ceux qui feront la paix sur terre
Des ouvriers des paysans
Des guerriers mêlés à la foule
Et quels prodiges de raison
Pour mieux frapper

Des guerriers comme des ruisseaux
Partout sur les champs desséchés
Ou battant d'ailes acharnées
Le ciel boueux pour effacer
La morale de fin du monde
Des oppresseurs

Et selon l'amour la haine
Des guerriers selon l'espoir
Selon le sens de la vie
Et la commune parole
Selon la passion de vaincre
Et de réparer le mal
Qu'on nous a fait

Des guerriers selon mon cœur
Celui-ci pense à la mort
Celui-là n'y pense pas
L'un dort l'autre ne dort pas
Mais tous font le même rêve
Se libérer

Chacun est l'ombre de tous.

VI

Les uns sombres les autres nus
Chantant leur bien mâchant leur mal
Mâchant le poids de leur corps
Ou chantant comme on s'envole

Par mille rêves humains
Par mille voies de nature
Ils sortent de leur pays
Et leur pays entre en eux
De l'air passe dans leur sang

Leur pays peut devenir
Le vrai pays des merveilles
Le pays de l'innocence.

VII

Des réfractaires selon l'homme
Sous le ciel de tous les hommes
Sur la terre unie et pleine
Au-dedans de ce fruit mûr
Le soleil comme un cœur pur
Tout le soleil pour les hommes

Tous les hommes pour les hommes
La terre entière et le temps
Le bonheur dans un seul corps.

*

Je dis ce que je vois
Ce que je sais
Ce qui est vrai.

© Minuit

PAUL ÉLUARD
Poésie et vérité (1942)

Sur un manuscrit de ce poème, on peut lire un autre titre : « Une seule pensée ». Le poète avait en effet d'abord écrit ce texte en pensant à Nusch, sa seconde femme. Il a raconté que ce n'était que peu à peu que le mot « Liberté » s'était imposé. Il parut la première fois à Alger, dans la revue Fontaine, en juin 1942, puis dans Poésie et Vérité 1942, Éditions de la Main à Plume, fin septembre 1942, avant d'être repris dans L'Honneur des poètes, 14 juillet 1943.

Liberté

Sur mes cahiers d'écolier
Sur mon pupitre et les arbres
Sur le sable sur la neige
J'écris ton nom

Sur toutes les pages lues
Sur toutes les pages blanches
Pierre sang papier ou cendre
J'écris ton nom

Sur les images dorées
Sur les armes des guerriers
Sur la couronne des rois
J'écris ton nom

Sur la jungle et le désert
Sur les nids sur les genêts
Sur l'écho de mon enfance
J'écris ton nom

Sur les merveilles des nuits
Sur le pain blanc des journées
Sur les saisons fiancées
J'écris ton nom

Sur tous mes chiffons d'azur
Sur l'étang soleil moisi
Sur le lac lune vivante
J'écris ton nom

Sur les champs sur l'horizon
Sur les ailes des oiseaux
Et sur le moulin des ombres
J'écris ton nom

Sur chaque bouffée d'aurore
Sur la mer sur les bateaux
Sur la montagne démente
J'écris ton nom

Sur la mousse des nuages
Sur les sueurs de l'orage
Sur la pluie épaisse et fade
J'écris ton nom

Sur les formes scintillantes
Sur les cloches des couleurs
Sur la vérité physique
J'écris ton nom

Sur les sentiers éveillés
Sur les routes déployées
Sur les places qui débordent
J'écris ton nom

Sur la lampe qui s'allume
Sur la lampe qui s'éteint
Sur mes maisons réunies
J'écris ton nom

Sur le fruit coupé en deux
Du miroir et de ma chambre
Sur mon lit coquille vide
J'écris ton nom

Sur mon chien gourmand et tendre
Sur ses oreilles dressées
Sur sa patte maladroite
J'écris ton nom

Sur le tremplin de ma porte
Sur les objets familiers
Sur le flot du feu béni
J'écris ton nom

Sur toute chair accordée
Sur le front de mes amis
Sur chaque main qui se tend
J'écris ton nom

Sur la vitre des surprises
Sur les lèvres attentives
Bien au-dessus du silence
J'écris ton nom

Sur mes refuges détruits
Sur mes phares écroulés
Sur les murs de mon ennui
J'écris ton nom

Sur l'absence sans désir
Sur la solitude nue
Sur les marches de la mort
J'écris ton nom

Sur la santé revenue
Sur le risque disparu
Sur l'espoir sans souvenir
J'écris ton nom

Et par le pouvoir d'un mot
Je recommence ma vie
Je suis né pour te connaître
Pour te nommer

Liberté.

© Minuit

PAUL ÉLUARD

Les Sept Poèmes d'amour en guerre, VI (1943)
in *Au rendez-vous allemand* (1944)

Ces poèmes furent imprimés clandestinement à Saint-Flour à la fin de l'année 1943, sous le pseudonyme de Jean du Haut, puis réédités à Cahors en 1944 pour la libération du Lot.

Nous ne vous chantons pas trompettes
Pour mieux vous montrer le malheur
Tel qu'il est très grand très bête
Et plus bête d'être entier

Nous prétendions seule la mort
Seule la terre nous limite
Mais maintenant c'est la honte
Qui nous mure tout vivants

Honte du mal illimité
Honte de nos bourreaux absurdes
Toujours les mêmes toujours
Les mêmes amants d'eux-mêmes

Honte des trains de suppliciés
Honte des mots terre brûlée
Mais nous n'avons pas honte de notre souffrance
Mais nous n'avons pas honte d'avoir honte

Derrière les guerriers fuyards
Même plus ne vit un oiseau
L'air est vide de sanglots
Vide de notre innocence

Retentissant de haine et de vengeance.

© Minuit

ROBERT DESNOS (1900-1945)

État de veille (1943)

(Repris dans *Destinée arbitraire*, posth. 1975)

Après la mobilisation, en 1939-1940, Desnos rentre à Paris où il devient journaliste à Aujourd'hui, *journal qui rapidement collabore mais où il réussit à publier, «mine de rien» selon son expression, des articles de littérature qui incitent à préparer un avenir libre. La lutte est désormais clandestine. Dès 1942, il fait partie du réseau Agir, auquel il transmet des informations confidentielles parvenues au journal, tout en fabriquant par ailleurs de faux papiers pour des Juifs ou des résistants en difficulté. Le poète est arrêté le 22 février 1944. D'abord prisonnier au camp de Compiègne, il est déporté au camp de Flöha en Saxe, puis évacué sous la poussée des Alliés en mai 1945 au camp de Terezín en Tchécoslovaquie. Épuisé par les mauvais traitements et les marches forcées, il y meurt du typhus le 8 juin 1945.*

Demain

Âgé de cent mille ans, j'aurais encor la force
De t'attendre, ô demain pressenti par l'espoir.
Le temps, vieillard souffrant de multiples entorses,
Peut gémir : Le matin est neuf, neuf est le soir.

Mais depuis trop de mois nous vivons à la veille,
Nous veillons, nous gardons la lumière et le feu,

Nous parlons à voix basse et nous tendons l'oreille
À maint bruit vite éteint et perdu comme au jeu.

Or, du fond de la nuit, nous témoignons encore
De la splendeur du jour et de tous ses présents.
Si nous ne dormons pas c'est pour guetter l'aurore
Qui prouvera qu'enfin nous vivons au présent.

1942.

© Gallimard

ROBERT DESNOS
Ce cœur qui haïssait la guerre (1943-1944)

Ce poème fut publié dans L'Honneur des poètes, *le 14 juillet 1943, sous le pseudonyme de Pierre Andier. Le recueil* Ce cœur qui haïssait la guerre, *composé de poèmes écrits entre 1943 et 1944, fut ensuite repris dans* Destinée arbitraire.

Ce cœur qui haïssait la guerre...

Ce cœur qui haïssait la guerre voilà qu'il bat pour le combat et la bataille !
Ce cœur qui ne battait qu'au rythme des marées, à celui des saisons, à celui des heures du jour et de la nuit,
Voilà qu'il se gonfle et qu'il envoie dans les veines un sang brûlant de salpêtre et de haine
Et qu'il mène un tel bruit dans la cervelle que les oreilles en sifflent
Et qu'il n'est pas possible que ce bruit ne se répande pas dans la ville et la campagne
Comme le son d'une cloche appelant à l'émeute et au combat.
Écoutez, je l'entends qui me revient renvoyé par les échos.

Mais non, c'est le bruit d'autres cœurs, de millions d'autres cœurs battant comme le mien à travers la France.

Ils battent au même rythme pour la même besogne tous ces cœurs,

Leur bruit est celui de la mer à l'assaut des falaises

Et tout ce sang porte dans des millions de cervelles un même mot d'ordre :

Révolte contre Hitler et mort à ses partisans !

Pourtant ce cœur haïssait la guerre et battait au rythme des saisons,

Mais un seul mot : Liberté a suffi à réveiller les vieilles colères

Et des millions de Français se préparent dans l'ombre à la besogne que l'aube proche leur imposera.

Car ces cœurs qui haïssaient la guerre battaient pour la liberté au rythme même des saisons et des marées, du jour et de la nuit.

© Gallimard

Chant du tabou

— Le tabou est sur toi, le tabou est sur nous ! Ainsi chantent les héros qui te suivent.

— Le tabou est sur toi et nul n'osera te toucher. Ta vie est sacrée et ta personne frappe d'épouvante les meurtriers.

— Le tabou est sur toi, le tabou est sur nous, car nous avons ravivé les anciennes coutumes et les usages préhistoriques.

— Le tabou est sur toi et nous ne voulons être que ta peuplade barbare, obéissant à tes ordres et mourant sans mot dire.

— Le tabou est sur toi, le tabou est sur nous, et c'est pourquoi nous avons élargi, autour de toi, notre cercle sur la terre.

— Le tabou est sur toi ! Nos conquêtes, sanglants sacrifices, sont la mesure de notre commune folie, la tienne et la nôtre.

— Le tabou est sur toi, le tabou est sur nous ! Partout où nous passons nous creusons nos cimetières à la place des architectures.

— Le tabou est sur toi et nul ne peut rien contre toi, ô

chef ! ô intouchable ! pareil aux déments, aux lépreux et aux pestiférés.

— Le tabou est sur toi, le tabou est sur nous ! Une mort magique nous garde, seule, dans ses étables et ses abattoirs.

— Le tabou est sur toi, ô chef ! ô fossoyeur ! et ton peuple marche à tes cris vers l'inexorable sacrifice.

— Le tabou est sur toi, le tabou est sur nous. La nourriture que tu nous refuses, nous ne pouvons te la donner.

— Le tabou est sur toi et tu mourras de faim, comme nous-mêmes, suivant le rite, et les peuples de la terre se réjouiront.

— Le tabou est sur toi, le tabou est sur nous, bêtes cruelles, bourreaux imbéciles.

— Le tabou est sur toi ! Adolphe Hitler ! Fuehrer ! Chef ! Destin même d'un peuple qui a choisi d'être criminel et haï.

— Le tabou est sur toi, le tabou est sur nous ! Ainsi chantent les soldats de l'agonisante Allemagne, gueules de brutes, cervelles de singes, cœurs de porcs de l'agonisante Allemagne.

— Le tabou est sur toi, le tabou est sur nous ! Rien ne peut nous libérer du tragique destin que nous avons choisi en toi, nous, la foule allemande des déments et qui doutons de n'être pas morts déjà et vampires affamés en quête de pourriture et de néant.

— Le tabou, le tabou est sur toi, le tabou est sur nous et la ruine et la mort, la défaite et la famine, et pas même une légende d'or et de sang pour tirer nos ombres de leur tourment. Le tabou est sur toi, le tabou est sur nous.

© Gallimard

Vaincre le jour, vaincre la nuit,
Vaincre le temps qui colle à moi,
Tout ce silence, tout ce bruit,
Ma faim, mon destin, mon horrible froid.

Vaincre ce cœur, le mettre à nu,
Écraser ce corps plein de fables
Pour le plonger dans l'inconnu,
Dans l'insensible, dans l'impénétrable.

Briser enfin, jeter au noir
Des égouts ces vieilles idoles,
Convertir la haine en espoir,
En de saintes les mauvaises paroles.

Mais mon temps n'est-il pas perdu ?
Tu m'as pris tout le sang, Paris.
À ton cou je suis ce pendu,
Ce libertaire qui pleure et qui rit.

© Gallimard

« Le Veilleur du Pont-au-change » est paru dans L'Honneur des poètes, *sous le pseudonyme de Valentin Guillois.*

Le veilleur du Pont-au-Change

Je suis le veilleur de la rue de Flandre,
Je veille tandis que dort Paris.
Vers le nord un incendie lointain rougeoie dans la nuit.
J'entends passer des avions au-dessus de la ville.

Je suis le veilleur du Point du Jour.
La Seine se love dans l'ombre, derrière le viaduc d'Auteuil,
Sous vingt-trois ponts à travers Paris.
Vers l'ouest j'entends des explosions.

Je suis le veilleur de la Porte Dorée.
Autour du donjon le bois de Vincennes épaissit ses ténèbres.
J'ai entendu des cris dans la direction de Créteil
Et des trains roulent vers l'est avec un sillage de chants de révolte.

Je suis le veilleur de la Poterne des Peupliers.
Le vent du sud m'apporte une fumée âcre,
Des rumeurs incertaines et des râles
Qui se dissolvent, quelque part, dans Plaisance ou Vaugirard.
Au sud, au nord, à l'est, à l'ouest,
Ce ne sont que fracas de guerre convergeant vers Paris.

Je suis le veilleur du Pont-au-Change
Veillant au cœur de Paris, dans la rumeur grandissante
Où je reconnais les cauchemars paniques de l'ennemi,
Les cris de victoire de nos amis et ceux des Français,
Les cris de souffrance de nos frères torturés par les Allemands d'Hitler.

Je suis le veilleur du Pont-au-Change
Ne veillant pas seulement cette nuit sur Paris,
Cette nuit de tempête sur Paris seulement dans sa fièvre et sa fatigue,
Mais sur le monde entier qui nous environne et nous presse.
Dans l'air froid tous les fracas de la guerre
Cheminent jusqu'à ce lieu où, depuis si longtemps, vivent les hommes.
Des cris, des chants, des râles, des fracas il en vient de partout,
Victoire, douleur et mort, ciel couleur de vin blanc et de thé,
Des quatre coins de l'horizon à travers les obstacles du globe,
Avec des parfums de vanille, de terre mouillée et de sang,
D'eau salée, de poudre et de bûchers,
De baisers d'une géante inconnue enfonçant à chaque pas dans la terre grasse de chair humaine.

Je suis le veilleur du Pont-au-Change
Et je vous salue, au seuil du jour promis
Vous tous camarades de la rue de Flandre à la Poterne des Peupliers,
Du Point du Jour à la Porte Dorée.

Je vous salue vous qui dormez
Après le dur travail clandestin,
Imprimeurs, porteurs de bombes, déboulonneurs de rails, incendiaires,
Distributeurs de tracts, contrebandiers, porteurs de messages,
Je vous salue vous tous qui résistez, enfants de vingt ans au sourire de source
Vieillards plus chenus que les ponts, hommes robustes, images des saisons,
Je vous salue au seuil du nouveau matin.

Je vous salue sur les bords de la Tamise,
Camarades de toutes nations présents au rendez-vous,
Dans la vieille capitale anglaise,
Dans le vieux Londres et la vieille Bretagne,
Américains de toutes races et de tous drapeaux,
Au-delà des espaces atlantiques,
Du Canada au Mexique, du Brésil à Cuba,
Camarades de Rio, de Tehuantepec, de New York et San Francisco.

J'ai donné rendez-vous à toute la terre sur le Pont-au-Change,
Veillant et luttant comme vous. Tout à l'heure,
Prévenu par son pas lourd sur le pavé sonore,
Moi aussi j'ai abattu mon ennemi.

Il est mort dans le ruisseau, l'Allemand d'Hitler anonyme et haï,
La face souillée de boue, la mémoire déjà pourrissante,
Tandis que, déjà, j'écoutais vos voix des quatre saisons,
Amis, amis et frères des nations amies.

J'écoutais vos voix dans le parfum des orangers africains,
Dans les lourds relents de l'océan Pacifique,
Blanches escadres de mains tendues dans l'obscurité,
Hommes d'Alger, Honolulu, Tchoung-King,
Hommes de Fez, de Dakar et d'Ajaccio.

Enivrantes et terribles clameurs, rythmes des poumons et des cœurs,
Du front de Russie flambant dans la neige,
Du lac Ilmen à Kief, du Dniepr au Pripet,
Vous parvenez à moi, nés de millions de poitrines.

Je vous écoute et vous entends. Norvégiens, Danois, Hollandais,
Belges, Tchèques, Polonais, Grecs, Luxembourgeois,
Albanais et Yougo-Slaves, camarades de lutte.
J'entends vos voix et je vous appelle,
Je vous appelle dans ma langue connue de tous
Une langue qui n'a qu'un mot :
Liberté !

Et je vous dis que je veille et que j'ai abattu un homme d'Hitler.
Il est mort dans la rue déserte
Au cœur de la ville impassible j'ai vengé mes frères assassinés
Au Fort de Romainville et au Mont Valérien,
Dans les échos fugitifs et renaissants du monde, de la Ville et des saisons.

Et d'autres que moi veillent comme moi et tuent,
Comme moi ils guettent les pas sonores dans les rues désertes,
Comme moi ils écoutent les rumeurs et les fracas de la terre.

À la Porte Dorée, au Point du Jour,
Rue de Flandre et Poterne des Peupliers,
À travers toute la France, dans les villes et les champs,
Mes camarades guettent les pas dans la nuit
Et bercent leur solitude aux rumeurs et fracas de la terre.

Car la terre est un camp illuminé de milliers de feux.
À la veille de la bataille on bivouaque par toute la terre
Et peut-être aussi, camarades, écoutez-vous les voix,

Les voix qui viennent d'ici quand la nuit tombe,
Qui déchirent des lèvres avides de baisers
Et qui volent longuement à travers les étendues
Comme des oiseaux migrateurs qu'aveugle la lumière des phares
Et qui se brisent contre les fenêtres du feu.

Que ma voix vous parvienne donc
Chaude et joyeuse et résolue,
Sans crainte et sans remords
Que ma voix vous parvienne avec celle de mes camarades,
Voix de l'embuscade et de l'avant-garde française.

Écoutez-nous à votre tour, marins, pilotes, soldats,
Nous vous donnons le bonjour,
Nous ne vous parlons pas de nos souffrances mais de notre espoir,

Au seuil du prochain matin nous vous donnons le bonjour,
À vous qui êtes proches et, aussi, à vous
Qui recevrez notre vœu du matin
Au moment où le crépuscule en bottes de paille entrera
　dans vos maisons.
Et bonjour quand même et bonjour pour demain !
Bonjour de bon cœur et de tout notre sang !
Bonjour, bonjour, le soleil va se lever sur Paris,
Même si les nuages le cachent il sera là,
Bonjour, bonjour, de tout cœur bonjour !

© Minuit

RENÉ CHAR
Feuillets d'Hypnos (1946)

19

Le poète ne peut pas longtemps demeurer dans la stratosphère du Verbe. Il doit se lover dans de nouvelles larmes et pousser plus avant dans son ordre.

63

On ne se bat bien que pour les causes qu'on modèle soi-même et avec lesquelles on se brûle en s'identifiant.

72

Agir en primitif et prévoir en stratège.

100

Nous devons surmonter notre rage et notre dégoût, nous devons les faire partager, afin d'élever et d'élargir notre action comme notre morale.

114

Je n'écrirai pas de poème d'acquiescement.

127

Viendra le temps où les nations sur la marelle de l'univers seront aussi étroitement dépendantes les unes des autres que les organes d'un même corps, solidaires en son économie.

Le cerveau, plein à craquer de machines, pourra-t-il encore garantir l'existence du mince ruisselet de rêve et d'évasion ? L'homme, d'un pas de somnambule, marche vers les mines meurtrières, conduit par le chant des inventeurs...

131

À tous les repas pris en commun, nous invitons la liberté à s'asseoir. La place demeure vide mais le couvert reste mis.

227

L'homme est capable de faire ce qu'il est incapable d'imaginer. Sa tête sillonne la galaxie de l'absurde.

© Gallimard

PIERRE EMMANUEL (1916-1984)

Jour de colère (1942)

«*Les dents serrées*» *parut dans* L'Honneur des poètes *sous le pseudonyme de Jean Amyot.*

Les dents serrées

Je hais. Ne me demandez pas ce que je hais
il y a des mondes de mutisme entre les hommes
et le ciel veule sur l'abîme, et le mépris
des morts. Il y a des mots entrechoqués, des lèvres
sans visage, se parjurant dans les ténèbres
il y a l'air prostitué au mensonge, et la Voix
souillant jusqu'au secret de l'âme

                                               mais il y a
le feu sanglant, la soif rageuse d'être libre
il y a des millions de sourds aux dents serrées
il y a le sang qui commence à peine à couler
il y a la haine et c'est assez pour espérer.

© L'Âge d'Homme

Poèmes de mémoire

Certains des poèmes écrits en temps de guerre ont pour fonction évidente le désir de conserver une trace de ces temps troublés, pour qu'on n'oublie jamais l'intolérable, et pour que ceux qui y laissèrent leur vie ne tombent pas dans les oubliettes de l'Histoire.

PAUL ÉLUARD
Au rendez-vous allemand (1944)

Poème publié dans Les Lettres françaises *en décembre 1944, repris dans* Au rendez-vous allemand.

Comprenne qui voudra

> *En ce temps-là, pour ne pas châtier les coupables, on maltraitait des filles. On allait même jusqu'à les tondre.*

Comprenne qui voudra
Moi mon remords ce fut
La malheureuse qui resta
Sur le pavé
La victime raisonnable
À la robe déchirée
Au regard d'enfant perdue
Découronnée défigurée
Celle qui ressemble aux morts
Qui sont morts pour être aimés

Une fille faite pour un bouquet
Et couverte
Du noir crachat des ténèbres

Une fille galante
Comme une aurore de premier mai
La plus aimable bête

Souillée et qui n'a pas compris
Qu'elle est souillée
Une bête prise au piège
Des amateurs de beauté

Et ma mère la femme
Voudrait bien dorloter
Cette image idéale
De son malheur sur terre.

© Minuit

Ce poème a paru dans Les Lettres françaises *et dans* Ce soir *en mars 1945, avant d'être repris dans* Au rendez-vous allemand.

Les vendeurs d'indulgence

Ceux qui ont oublié le mal au nom du bien
Ceux qui n'ont pas de cœur nous prêchent le pardon
Les criminels leur sont indispensables
Ils croient qu'il faut de tout pour faire un monde.

*

Écoutez-les ils prêchent haut
Nul n'ose plus les faire taire
Ils ont des droits écoutez-les
Écoutez cet écho d'hier

Qu'il résiste ou qu'il capitule
Un général en vaut un autre
Des Français habillés de vert
Sont quand même de fiers soldats

De bons canons pour l'ennemi
Sont quand même de bons canons
Et plus il possède d'esclaves
Plus le maître a de raisons d'être.

*

Les femmes d'Auschwitz les petits enfants juifs
Les terroristes à l'œil juste les otages
Ne pouvaient pas savoir par quel hideux miracle
La clémence serait ardemment invoquée.

*

Il n'y a pas de pierre plus précieuse
Que le désir de venger l'innocent

Il n'y a pas de ciel plus éclatant
Que le matin où les traîtres succombent

Il n'y a pas de salut sur la terre
Tant que l'on peut pardonner aux bourreaux.

© Minuit

Poème publié dans Les Lettres françaises *en septembre 1945, repris dans* Au rendez-vous allemand.

Éternité de ceux que je n'ai pas revus

J'ai d'abord été surpris
Le temps s'ajoutait au temps
Et l'angoisse à l'impatience
Comme une nuit qui suivrait
Une autre nuit et le jour
Devient une chimère grise
Et puis une chimère noire
Il faut la regarder en soi
Avec les yeux du souvenir
Et bientôt l'on voit en aveugle
Et l'on est un sujet de nuit

Je me suis mis à tâtonner
Dans un monde où la vie baissait
Des hommes que je connaissais
Apparaissaient disparaissaient
Flammes en peine dans le soir

Rires et larmes éclipsés
Des hommes sûrs de la vie
Des hommes nourris d'espoir
Ô mes frères courageux
Ô mes frères en amour
Je vous ai perdus de vue

*

Visages clairs souvenirs sombres
Puis comme un grand coup sur les yeux
Visages de papier brûlé
Dans la mémoire rien que cendres
La rose froide de l'oubli
Pourtant Desnos pourtant Péri[1]
Crémieux[2] Fondane[3] Pierre Unik[4]
Sylvain Itkine[5] Jean Jausion[6]
Grou-Radenez[7] Lucien Legros[8]

---

1. Gabriel Péri, homme politique et journaliste communiste (à *Clarté*, à *L'Humanité* puis aux *Cahiers clandestins du parti communiste* pendant l'Occupation). Arrêté par les Allemands, il fut fusillé le 15 décembre 1941.
2. Benjamin Crémieux, critique littéraire qui œuvra pour le rapprochement avec les intellectuels allemands, après la Première Guerre mondiale. Il fut arrêté en 1942 et déporté à Weimar, où il mourut.
3. Benjamin Fondane, poète et essayiste d'origine roumaine. Arrêté au début de 1944, il mourut en déportation.
4. Poète surréaliste qui quitta le groupe en 1932, après « Front rouge » et l'affaire Aragon. Il est fait prisonnier pendant la guerre de 1939 et meurt dans des circonstances obscures.
5. Comédien, ami de Max Ernst et d'Éluard. Résistant, il fut arrêté à Lyon et fusillé en 1944.
6. Il avait participé aux combats de la Libération et avait été envoyé comme correspondant de guerre à la première armée. On était sans nouvelles de lui.
7. Jacques Grou-Radenez, imprimeur d'un journal clandestin *Défense de la France*, il fut arrêté et mourut en déportation.
8. Voir « Les armes de la douleur », p. 82, poème qui lui est dédié.

Le temps le temps insupportable
Politzer[1] Decour Robert Blache
Serge Meyer[2] Mathias Lübeck[3]
Maurice Bourdet et Jean Fraysse
Dominique Corticchiato[4]
Et Max Jacob[5] et Saint-Pol Roux[6]
Rien que le temps de n'être plus
Et rien que le temps d'être tout
Dans ma mémoire qui revient
Dans la mémoire que j'enseigne
Rien que le temps d'être Desnos
Rien que le temps d'être Péri
Rien que le temps d'être Crémieux
D'être Decour ou Politzer
Ou Saint-Pol Roux ou Max Jacob
Grou-Radenez Lucien Legros
Sylvain Itkine Jean Jausion
Serge Meyer Mathias Lübeck
Blache Fondane Pierre Unik
Dominique Corticchiato

---

1. Jeune philosophe fusillé par les Allemands le 30 mai 1942.
2. Jeune poète de vingt ans qui fut incorporé dans l'armée et qui mourut sur le front.
3. Poète fusillé par les Allemands le 21 novembre 1944.
4. Traducteur du *Château d'Otrante* de Horace Walpole, célèbre roman noir. Il était le fils de José Corti, éditeur et ami des surréalistes. Résistant, il fut arrêté le 2 mai 1944. Il mourut en déportation à dix-neuf ans.
5. Poète breton d'origine juive, converti au catholicisme en 1915, il fut arrêté et emmené au camp de Drancy, où il mourut le 5 mars 1944.
6. Poète français (1861-1940) disciple de Mallarmé, reconnu comme un précurseur du surréalisme. En juin 1940, un soldat allemand s'introduit chez lui et viole sa fille, Saint-Pol Roux échappe de peu à la mort mais son manoir est pillé et ses manuscrits inédits en grande partie détruits. Il ne se remit pas de ce choc et mourut de chagrin en octobre 1940.

Maurice Bourdet ou Jean Fraysse
Et tous à l'image de l'homme
Tous nous rendant la vie possible

*

Des héros et des victimes
Dans ce décor de soleils
Et de mers renouvelées
Mais aussi dans ce chaos
De travaux et de prisons
De chagrins et de famines
Leurs mains ont serré les miennes
Leur voix a formé ma voix
Dans un miroir fraternel
Et mes mains serrent les mains
D'hommes qui naîtront demain
Et qui leur ressemblent tant
Que je me crois éternel
Le sang passe la mort casse

Nous ne sommes plus nombreux
Nous sommes à l'infini
La lumière l'air la nuit
Résident en notre sein
Ô mes frères courageux
Au long d'un âge parfait
J'en ai oublié l'oubli

Les lendemains sont anciens
Et le passé est tout neuf
Et nous sommes le commun
Et tout est commun sur terre
Simple comme un seul oiseau

Qui confond d'un seul coup d'aile
Les champs nus et les récoltes

Et le ciel avec le sol.

Septembre 1945.

© Paul Éluard

PAUL ÉLUARD
Hommages (1950)

Ce poème fut publié dans le journal du congrès de Wroclaw (auquel Paul Éluard assistait comme délégué pour la France, le 28 août 1948), sous forme d'un fac-similé du manuscrit autographe, et sans la dédicace à Ilya Ehrenbourg. Il fut repris dans Hommages, en 1950.

Un compte à régler

À Ilya Ehrenbourg.

Dix amis sont morts à la guerre
Dix femmes sont mortes à la guerre
Dix enfants sont morts à la guerre
Cent amis sont morts à la guerre
Cent femmes sont mortes à la guerre
Cent enfants sont morts à la guerre
Et mille amis et mille femmes et mille enfants

Nous savons bien compter les morts
Par milliers et par millions
On sait compter mais tout va vite
De guerre en guerre tout s'efface

Mais qu'un seul mort soudain se dresse
Au milieu de notre mémoire
Et nous vivons contre la mort
Nous nous battons contre la guerre

Nous luttons pour la vie.

Wroclaw, le 26 août 1948.

© Gallimard

LOUIS ARAGON
Le Musée Grévin, VII (1943)

Poème en sept « chants » (par référence au grand genre épique) publié pour la première fois en 1943 sous le pseudonyme de François La Colère à la Bibliothèque française, il est réédité en 1946 aux Éditions de Minuit, il fut composé à Saint-Donat entre début juillet et début septembre 1943, sauf les strophes rajoutées à la partie «Auschwitz», composées à Lyon, début septembre, quand Aragon apprit la mort de Danièle Casanova et de Maïe Politzer à Auschwitz.

J'écris dans un pays dévasté par la peste
Qui semble un cauchemar attardé de Goya
Où les chiens n'ont d'espoir que la manne céleste
Et des squelettes blancs cultivent le soya

Un pays en tous sens parcouru d'escogriffes
À coup de fouet chassant le bétail devant eux
Un pays disputé par l'ongle et par la griffe
Sous le ciel sans pitié des jours calamiteux

Un pays pantelant sous le pied des fantoches
Labouré jusqu'au cœur par l'ornière des roues
Mis en coupe réglée au nom du Roi Pétoche
Un pays de frayeur en proie aux loups-garous

J'écris dans ce pays où l'on parque les hommes
Dans l'ordure et la soif le silence et la faim
Où la mère se voit arracher son fils comme
Si Hérode régnait quand Laval est dauphin

J'écris dans ce pays que le sang défigure
Qui n'est plus qu'un monceau de douleurs et de plaies
Une halle à tous vents que la grêle inaugure
Une ruine où la mort s'exerce aux osselets

J'écris dans ce pays tandis que la police
À toute heure de nuit entre dans les maisons
Que les inquisiteurs enfonçant leurs éclisses
Dans les membres brisés guettent les trahisons

J'écris dans ce pays qui souffre mille morts
Qui montre à tous les yeux ses blessures pourprées
Et la meute sur lui grouillante qui le mord
Et les valets sonnant dans le cor la curée

J'écris dans ce pays que les bouchers écorchent
Et dont je vois les nerfs les entrailles les os
Et dont je vois les bois brûler comme des torches
Et sur les blés en feu la fuite des oiseaux

J'écris dans cette nuit profonde et criminelle
Où j'entends respirer les soldats étrangers
Et les trains s'étrangler au loin dans les tunnels
Dont Dieu sait si jamais ils pourront déplonger

J'écris dans un champ clos où des deux adversaires
L'un semble d'une pièce armure et palefroi

Et l'autre que l'épée atrocement lacère
À lui pour tout arroi[1] sa bravoure et son droit

J'écris dans cette fosse où non plus un prophète
Mais un peuple est parmi les bêtes descendu
Qu'on somme de ne plus oublier sa défaite
Et de livrer aux ours la chair qui leur est due

J'écris dans ce décor tragique où les acteurs
Ont perdu leur chemin leur sommeil et leur rang
Dans ce théâtre vide où les usurpateurs
Ânonnent de grands mots pour les seuls ignorants

J'écris dans la chiourme[2] énorme qui murmure
J'écris dans l'oubliette au soir qui retentit
Des messages frappés du poing contre les murs
Infligeant aux geôliers d'étranges démentis

Comment voudriez-vous que je parle des fleurs
Et qu'il n'y ait des cris dans tout ce que j'écris
De l'arc-en-ciel ancien je n'ai que trois couleurs
Et les airs que j'aimais vous les avez proscrits

Que ne puis-je passer ce monde à l'écumoire
Ses songes éveillés et ses monstres maudits
Du Paradis perdu retrouver la mémoire
Pour renouer ma phrase avec sa mélodie

Je dis avec les mots des choses machinales
Plus machinalement que la neige neigeant

---

1. Équipage accompagnant un personnage.
2. Ensemble des rameurs d'une galère, composé des forçats d'un bagne.

Mots démonétisés qu'on lit dans le journal
Et je parle avec eux le langage des gens

Soudain c'est comme un sou tombant sur le bitume
Qui nous fait retourner au milieu de nos pas
Inconscient écho d'un malheur que nous tûmes
Un mot chu par hasard un mot qui ne va pas

Les mots français gardent l'espoir d'un double sens
Comme un pré qui ne peut oublier qu'il a plu
Les plus simples d'entre eux ont le plus de puissance
Ils vibrent longuement d'un accord résolu

Que je dise d'oiseaux et de métamorphoses
Du mois d'août qui se fane au fond des mélilots
Que je dise du vent que je dise des roses
Ma musique se brise et se mue en sanglots

Les champs sont défleuris quand mon peuple est aux fers
Il brûle dans les yeux une autre poésie
Tout prend au temps qu'il fait le parfum de l'enfer
Qui ressemble aux mines de sel en Silésie

C'est une absurdité que de mettre des rimes
À ce que chacun sait silencieusement
Mais serait-ce donner des ailes à leurs crimes
Que dire en vers français les bagnes allemands

Moi si j'en veux parler c'est afin que la haine
Ait le tambour des sons pour scander ses leçons
Aux confins de Pologne existe une géhenne
Dont le nom siffle et souffle une affreuse chanson

Auschwitz Auschwitz ô syllabes sanglantes
Ici l'on vit ici l'on meurt à petit feu
On appelle cela l'exécution lente
Une part de nos cœurs y périt peu à peu

Limites de la faim limites de la force
Ni le Christ n'a connu ce terrible chemin
Ni cet interminable et déchirant divorce
De l'âme humaine avec l'univers inhumain

Ce sont ici des Olympiques de souffrance
Où l'épouvante bat la mort à tous les coups
Et nous avons ici notre équipe de France
Et nous avons ici cent femmes de chez nous

Voici les cent fleurons de fer à l'auréole
Qui couronne de sang ce malheureux pays
Les cent enseignements de la cruelle école
Où nous aurons appris l'amour d'avoir haï

Puisque je ne pourrais ici tous les redire
Ces cent noms doux aux fils aux frères aux maris
C'est vous que je salue en cette heure la pire
Marie-Claude[1] en disant *Je vous salue Marie*

Et celle qui partit dans la nuit la première
Comme à la Liberté monte le premier cri

---

1. Il s'agit de Marie-Claude Vaillant-Couturier, veuve de Paul Vaillant-Couturier, qui fut détenue à la Santé dans une cellule voisine de celle de Solomon et de Georges Politzer. Elle raconta leur martyre au procès de Nuremberg.

Marie-Louise Fleury[1] rendue à la lumière
Au-delà du tombeau *Je vous salue Marie*

> *Hélas les terribles semailles*
> *Ensanglantent ce long été*
> *Cela dure trop écoutez*
> *On dit que Danièle[2] et que Maïe[3]*

> *Ah déferont-ils maille à maille*
> *Notre douce France emportée*
> *Ce qu'on dit rend l'ombre plus noire*
> *Sur la misère de nos champs*

> *Les mots sont nuls et peu touchants*
> *Maïe et Danièle Y puis-je croire*
> *Comment achever cette histoire*
> *Qui coupe le cœur et le chant*

Je vous salue Maries de France aux cent visages
Et celles parmi vous qui portent à jamais
La gloire inexpiable aux assassins d'otages
Seulement de survivre à ceux qu'elles aimaient

---

1. En réalité Marie-Thérèse Fleury, qui fut responsable de la Résistance dans les PTT. Acquittée par un tribunal militaire allemand, elle fut néanmoins déportée à Auschwitz.
2. Danièle Casanova, membre du Comité central des jeunesses communistes, responsable des cadres féminins, puis directrice du service des liaisons et des transmissions. Arrêtée en février 1942 avec Politzer et Decour, elle fut internée au camp de Romainville puis déportée à Auschwitz, où elle mourut.
3. Maïe Politzer, médecin, militait dans la Résistance aux côtés de son mari, et fut arrêtée en même temps que lui. Internée au camp de Romainville, elle fut déportée à Auschwitz, où elle mourut.

Il en est parmi vous que des hommes attendent
Qui tremblent de savoir le mal qu'on vous a fait
Et de ne retrouver de vous que la légende
Et fléchissent déjà sous ce terrible faix

Ils avaient cru toucher le tréfonds de l'absence
Ils redoutent du ciel une autre cruauté
Votre retour pour eux c'est comme une naissance
Comment revoir ce cœur qu'on leur avait ôté

Mais ce n'est qu'à douleur qu'on naît même à l'amour
Quel romancero noir direz-vous dans leurs bras
Ils en veillent la nuit ils y songent le jour
Que vous leur souriez tout recommencera

Lorsque vous reviendrez car il faut revenir
Il y aura des fleurs tant que vous en voudrez
Il y aura des fleurs couleur de l'avenir
Il y aura des fleurs lorsque vous reviendrez

Vous prendrez votre place où les clartés sont douces
Les enfants baiseront vos mains martyrisées
Et tout à vos pieds las redeviendra de mousse
Musique à votre cœur calme où vous reposer

Haleine des jardins lorsque la nuit va naître
Feuillages de l'été profondeur des prairies
L'hirondelle tantôt qui vint sur la fenêtre
Disait me semble-t-il *Je vous salue Marie*

Je vous salue ma France arrachée aux fantômes
Ô rendue à la paix Vaisseau sauvé des eaux
Pays qui chante Orléans Beaugency Vendôme
Cloches cloches sonnez l'angélus des oiseaux

Je vous salue ma France aux yeux de tourterelle
Jamais trop mon tourment mon amour jamais trop
Ma France mon ancienne et nouvelle querelle
Sol semé de héros ciel plein de passereaux

Je vous salue ma France où les vents se calmèrent
Ma France de toujours que la géographie
Ouvre comme une paume aux souffles de la mer
Pour que l'oiseau du large y vienne et se confie

Je vous salue ma France où l'oiseau de passage
De Lille à Roncevaux de Brest au Mont-Cenis
Pour la première fois a fait l'apprentissage
De ce qu'il peut coûter d'abandonner un nid

Patrie également à la colombe ou l'aigle
De l'audace et du chant doublement habitée
Je vous salue ma France où les blés et les seigles
Mûrissent au soleil de la diversité

Je vous salue ma France où le peuple est habile
À ces travaux qui font les jours émerveillés
Et que l'on vient de loin saluer dans sa ville
Paris mon cœur trois ans vainement fusillé

Heureuse et forte enfin qui portez pour écharpe
Cet arc-en-ciel témoin qu'il ne tonnera plus
Liberté dont frémit le silence des harpes
Ma France d'au-delà le déluge salut

© Aragon

LOUIS ARAGON
La Diane française (1945)

Poème publié légalement à Marseille le 12 mai 1943 dans un quotidien, puis à Genève, dans le numéro spécial de Messages *que Jean Lescure intitula* Domaine français. *Il figure dans le recueil clandestin* L'Honneur des poètes *paru aux Éditions de Minuit le 14 juillet 1943. Repris en 1945 dans* La Diane française.

La rose et le réséda

À *Gabriel Péri*[1] *et d'Estienne d'Orves*[2] *comme à Guy Môquet*[3] *et Gilbert Dru*[4].

Celui qui croyait au ciel
Celui qui n'y croyait pas
Tous deux adoraient la belle

---

1. Voir note 1, p. 116.
2. Honoré d'Estienne d'Orves, officier de marine catholique pratiquant, qui organisa un des premiers réseaux de transmission de renseignements au profit de Londres. Arrêté en janvier 1941, il fut condamné à mort par la Cour martiale allemande de Paris le 26 mai 1941.
3. Fils du député communiste de la Seine, accusé d'avoir pris part à une distribution de tracts, il fut fusillé comme otage à dix-sept ans, le 22 octobre 1941, à Chateaubriant.
4. Résistant catholique qui participait à des publications clandestines, il fut arrêté avec *Brocéliande* d'Aragon dans sa poche et fusillé le 27 juillet 1944.

La Seconde Guerre mondiale

Prisonnière des soldats
Lequel montait à l'échelle
Et lequel guettait en bas
Celui qui croyait au ciel
Celui qui n'y croyait pas
Qu'importe comment s'appelle
Cette clarté sur leur pas
Que l'un fût de la chapelle
Et l'autre s'y dérobât
Celui qui croyait au ciel
Celui qui n'y croyait pas
Tous les deux étaient fidèles
Des lèvres du cœur des bras
Et tous les deux disaient qu'elle
Vive et qui vivra verra
Celui qui croyait au ciel
Celui qui n'y croyait pas
Quand les blés sont sous la grêle
Fou qui fait le délicat
Fou qui songe à ses querelles
Au cœur du commun combat
Celui qui croyait au ciel
Celui qui n'y croyait pas
Du haut de la citadelle
La sentinelle tira
Par deux fois et l'un chancelle
L'autre tombe Qui mourra
Celui qui croyait au ciel
Celui qui n'y croyait pas
Ils sont en prison Lequel
A le plus triste grabat
Lequel plus que l'autre gèle
Lequel préfèrent les rats
Celui qui croyait au ciel

Celui qui n'y croyait pas
Un rebelle est un rebelle
Nos sanglots font un seul glas
Et quand vient l'aube cruelle
Passent de vie à trépas
Celui qui croyait au ciel
Celui qui n'y croyait pas
Répétant le nom de celle
Qu'aucun des deux ne trompa
Et leur sang rouge ruisselle
Même couleur même éclat
Celui qui croyait au ciel
Celui qui n'y croyait pas
Il coule il coule et se mêle
À la terre qu'il aima
Pour qu'à la saison nouvelle
Mûrisse un raisin muscat
Celui qui croyait au ciel
Celui qui n'y croyait pas
L'un court et l'autre a des ailes
De Bretagne ou du Jura
Et framboise ou mirabelle
Le grillon rechantera
Dites flûte ou violoncelle
Le double amour qui brûla
L'alouette et l'hirondelle
La rose et le réséda

© Seghers

PAUL VALET (1905-1987)
Les Poings sur les i (1955)

Trois générations

> *Mon Dieu, mon Dieu, pourquoi m'as-tu abandonné ?*
> Psaume 22, 2 ; Matthieu 27, 46

Le père mourut dans la boue de Champagne
Le fils mourut dans la crasse d'Espagne
Le petit s'obstinait à rester propre
Les Allemands en firent du savon

© Julliard

EUGÈNE GUILLEVIC (1907-1997)
Exécutoire (1947)

Les charniers

Passez entre les fleurs et regardez :
Au bout du pré c'est le charnier.

Pas plus de cent, mais bien en tas,
Ventre d'insecte un peu géant
Avec des pieds à travers tout.

Le sexe est dit par les souliers,
Les regards ont coulé sans doute.

— Eux aussi
Préféraient des fleurs.

-

À l'un des bords du charnier,
Légèrement en l'air et hardie,

Une jambe — de femme
Bien sûr —

Une jambe jeune
Avec un bas noir

Et une cuisse,
Une vraie,

Jeune — et rien,
Rien.
-
Le linge n'est pas
Ce qui pourrit le plus vite.

On en voit par là
Durci de matières.

Il donne apparence
De chairs à cacher qui tiendraient encore.
-
Combien ont su pourquoi,
Combien sont morts sachant,
Combien n'ont pas su quoi ?

Ceux qui auront pleuré,
Leurs yeux sont tout pareils,

C'est des trous dans des os
Ou c'est du plomb qui fond.
-
Ils ont dit oui
À la pourriture.

Ils ont accepté,
Ils nous ont quittés.

Nous n'avons rien à voir
Avec leur pourriture.

-

On va autant qu'on peut,
Les séparer,

Mettre chacun d'eux
Dans un trou à lui,

Parce qu'ensemble
Ils font trop de silence contre le bruit.

-

Si ce n'était pas impossible,
Absolument,

On dirait une femme
Comblée par l'amour
Et qui va dormir.

-

Quand la bouche est ouverte
Ou bien ce qui en reste,

C'est qu'ils ont dû chanter,
Qu'ils ont crié victoire,

Ou c'est le maxillaire
Qui leur tombait de peur.

— Peut-être par hasard
Et la terre est entrée.

-

Il y a des endroits où l'on ne sait plus
Si c'est la terre glaise ou si c'est la chair.

Et l'on est peureux que la terre, partout,
Soit pareille et colle.

La Seconde Guerre mondiale 137

-

Encore s'ils devenaient aussitôt
Des squelettes,

Aussi nets et durs
Que de vrais squelettes

Et pas cette masse
Avec la boue.

-

Lequel de nous voudrait
Se coucher parmi eux

Une heure, une heure ou deux,
Simplement pour l'hommage.

-

Où est la plaie
Qui fait réponse ?

Où est la plaie
Des corps vivants ?

Où est la plaie —
Pour qu'on la voie,

Qu'on la guérisse.

-

Ici
Ne repose pas,

Ici ou là, jamais
Ne reposera

Ce qui reste
Ce qui restera
De ces corps-là.

© Gallimard

RENÉ CHAR

Fureur et Mystère (1948)

Le loriot

3 septembre 1939.

Le loriot entra dans la capitale de l'aube.
L'épée de son chant ferma le lit triste.
Tout à jamais prit fin.

© Gallimard

L'absent

Ce frère brutal mais dont la parole était sûre, patient au sacrifice, diamant et sanglier, ingénieux et secourable, se tenait au centre de tous les malentendus tel un arbre de résine dans le froid inalliable. Au bestiaire de mensonges qui le tourmentait de ses gobelins et de ses trombes il opposait son dos perdu dans le temps. Il venait à vous par des sentiers invisibles, favorisait l'audace écarlate, ne vous contrariait pas, savait sourire. Comme l'abeille quitte le verger pour le fruit déjà noir, les femmes soutenaient sans le trahir le paradoxe de ce visage qui n'avait pas des traits d'otage.

J'ai essayé de vous décrire ce compère indélébile que nous sommes quelques-uns à avoir fréquenté. Nous dormirons dans l'espérance, nous dormirons en son absence, puisque la raison ne soupçonne pas que ce qu'elle nomme, à la légère, absence, occupe le fourneau dans l'unité.

© Gallimard

PIERRE EMMANUEL

Jour de colère (1942)

«*Otages*» : *poème écrit sous le pseudonyme de Jean Amyot et repris dans* L'Honneur des poètes, *le 14 juillet 1943, à propos des 27 prisonniers fusillés par les Allemands à Chateaubriant, le 22 octobre 1941. Parmi ces 27 martyrs, un jeune communiste de 17 ans, Guy Môquet. Le 30 octobre 1943, le général de Gaulle qualifie ce poème de «cri de colère», dans une allocution où il proclame «la valeur passionnée des revues clandestines» et «la déchirante qualité de ces poèmes qu'aujourd'hui toute la France récite en secret».*

Otages

Ce sang ne séchera jamais sur notre terre
et ces morts abattus resteront exposés.
Nous grincerons des dents à force de nous taire
nous ne pleurerons pas sur ces croix renversées.

Mais nous nous souviendrons de ces morts sans mémoire
nous compterons nos morts comme on les a comptés.
Ceux qui pèsent si lourd au fléau de l'histoire
s'étonneront demain d'être trouvés légers.

Et ceux qui se sont tus de crainte de s'entendre
leur silence non plus ne sera pardonné.
Ceux qui se sont levés pour arguer et prétendre
même les moins pieux les auront condamnés.

Ces morts ces simples morts sont tout notre héritage
leurs pauvres corps sanglants resteront indivis.
Nous ne laisserons pas en friche leur image
les vergers fleuriront sur les prés reverdis.

Qu'ils soient nus sous le ciel comme l'est notre terre
et que leur sang se mêle aux sources bien-aimées.
L'églantier couvrira de roses de colère
les farouches printemps par ce sang ranimés.

Que ces printemps leur soient plus doux qu'on ne peut dire
pleins d'oiseaux de chansons et d'enfants par chemins.
Et comme une forêt autour d'eux qui soupire
qu'un grand peuple à mi-voix prie levant les mains.

© L'Âge d'Homme

GEORGES PERROS (1923-1978)

Poèmes bleus (1962)

Les guerres n'est-ce pas
Ça éclate ça mobilise
Ça fait quitter son foyer
Les hommes trouvent normal
D'aller à la guerre
Comme on va aux champignons
Les hommes ne sortiront jamais
De cette ornière
La guerre est un bail à renouveler
La guerre est devenue
La condition de la paix
La révolte de la sérénité.
Tant que les hommes sages
Diront oui
À la guerre
Où on les envoie
Sans qu'ils sachent très bien pourquoi
Tant que les hommes ne diront pas
Non
À ce goût qu'ils ont de l'aventure
Quand elle les rend plus amis
Qu'ils n'auraient jamais osé l'être
Dans la quotidienneté

Tant qu'on tuera des hommes
Comme on tue des puces, des moustiques,
En disant que c'est terrible, ces petites bêtes
De les tuer,
Tant que la passion d'être
Aura partie liée avec le meurtre
Tant qu'il y aura des comédiens
Qui joueront avec talent
Ce qui fut vécu
Ce qui le sera
Mais ce qui ne l'est jamais
Ce qui ne peut l'être
Pendant leur propre, leur pauvre existence
Tant que nous aurons besoin
De nous dédoubler, de nous divertir
D'apprendre avec émotion
Nostalgie
Culpabilité
Que des hommes meurent
Pour des raisons
Qui nous paraissent vraies
Incomparables
Et que nous en parlerons
Avec émotion
Frissons dans le dos
Un whisky-soda s'il vous plaît
Ce sera non.
La guerre entre les hommes
Est peut-être inévitable
Un mauvais rêve du bon Dieu
Tout le troupeau en uniforme
On y court tous comme des lapins
À la guerre.
Nous avons fini par comprendre

Que nous sommes tous colonisés
Que l'homme est une colonie
Apte à la liberté d'être
Qui commence
Par le partage du pain et du vin
Et si personne ne fait ce pain
N'écrase ce raisin
Eh bien nous apprendrons à faire
À écraser, à sulfater, à pétrir
Nous deviendrons des paysans
Ce que nous sommes tous
Malgré la citadineté
Qui nous enveloppe
Comme des saucissons, des momies.
La terre n'en tournera pas moins
Comme une folle
Autour du fou par excellence
De ce sanglant dégoulinant
Qui sait si bien
Nous foutre mal au crâne
Et nous noircir la peau
De cet ivrogne dans l'azur
Qui fait mûrir
Qui fait pourrir
Qui dit le sec et le mouillé
Sur nos fronts partitions striés
Sans la moindre musique à l'intérieur
Rengaine où sanglote la source
Barques sur le dos
Ô nos révoltes grains de sable
Poussière dans le vent fané
Qui nous redira folle course
La joie farouche
Des chevaux du langage

Quand tout était encore tremblant
D'avoir liberté de mourir
Quand tout faisait encore semblant
De l'oublier dans un sourire
Les temps sont venus de la mort
De qui portes-tu le deuil, Terre,
Grosse de tant de cadavres
Que leur innocence a trompés
Mais dont l'âme flotte
En nos rêves
Nous ne pourrons jamais plus vivre
À marcher sur vos jeunes os
À piétiner votre colère
Nous ne pourrons jamais plus rire
Comme il faudrait, de bas en haut
La glotte folle,
Avec cet ogre en nos poitrines
Qui nous ronge nous fend la peau
Allez
Car nous serons bientôt ensemble
Dans la bohême du caveau
Nous fuirons en faisant la planche
Vers d'autres rêves d'autres feux
Autour desquels perdre nos rimes
Qui ne sont plus d'amour
Ni d'aise
Il est fondu, notre métal
Nous nous retrouverons bientôt.

© Gallimard

La négritude

Le mot « négritude » fut inventé par le poète martiniquais Aimé Césaire et apparut en 1939 dans son long poème en forme de cri : Cahier d'un retour au pays natal. Il devint notion grâce à la conjonction de cette œuvre puissante et de celle d'un Guyanais, Léon-Gontran Damas, conjuguée à celle d'un Sénégalais, Léopold Sédar Senghor. Ce courant est propre aux Caraïbes et à l'Afrique de domination coloniale française, qui encourageaient l'assimilation des élites noires. Ainsi les trois poètes se rencontrèrent-ils à Paris, où ils étaient venus faire leurs études, dans l'entre-deux-guerres. La négritude est la forme que prit la réaction de ces intellectuels noirs, quand ils réalisèrent qu'ils étaient engagés dans un processus d'acculturation. C'est la publication, en 1948, de l'Anthologie de la nouvelle poésie nègre et malgache de langue française, rassemblée par Léopold Sédar Senghor et préfacée par Jean-Paul Sartre, qui marque le véritable point de départ de la proclamation d'une fierté reconquise. C'est un combat culturel et identitaire qui s'exprime ici, la revendication parfois agressive d'une voix autre, d'une autre manière d'écrire de la poésie, d'un autre rapport aux mots, au rythme, au chant, à la tradition poétique, ce que Sartre ressentit violemment quand il écrivit dans sa préface : « la poésie noire de langue française est, de nos jours, la seule grande poésie révolutionnaire. »

LÉON LALEAU (1892-1979)

Musique nègre (1931)

Trahison

Ce cœur obsédant, qui ne correspond
Pas à mon langage ou à mes costumes,
Et sur lequel mordent, comme un crampon,
Des sentiments d'emprunt et des coutumes
D'Europe, sentez-vous cette souffrance
Et ce désespoir à nul autre égal
D'apprivoiser, avec des mots de France,
Ce cœur qui m'est venu du Sénégal ?

© Mémoire d'encrier

LÉON-GONTRAN DAMAS (1912-1978)
Pigments (1937)

Limbé

Pour Robert Romain

Rendez-les-moi mes poupées noires
    qu'elles dissipent
    l'image des catins blêmes
    marchandes d'amour qui s'en vont viennent
    sur le boulevard de mon ennui

Rendez-les-moi mes poupées noires
    qu'elles dissipent
    l'image sempiternelle
    l'image hallucinante
    des fantoches empilés fessus
    dont le vent porte au nez
    la misère miséricorde

Donnez-moi l'illusion que je n'aurai plus à contenter
    le besoin étale
    des miséricordes ronflant
    sous l'inconscient dédain du monde

La négritude

Rendez-les-moi mes poupées noires
    que je joue avec elles
    les jeux naïfs de mon instinct
    resté à l'ombre de ses lois
    recouvrés mon courage
    mon audace
    redevenu moi-même
    nouveau moi-même
    de ce que Hier j'étais
    hier
        sans complexité
                hier
    quand est venue l'heure du déracinement

Le sauront-ils jamais cette rancune de mon cœur
    À l'œil de ma méfiance ouvert trop tard
    ils ont cambriolé l'espace qui était le mien
    la coutume
    les jours
    la vie
    la chanson
    le rythme
    l'effort
    le sentier
    l'eau
    la case
    la terre enfumée grise
    la sagesse
    les mots
    les palabres
    les vieux
    la cadence
    les mains
    la mesure

    les mains
    les piétinements
    le sol

Rendez-les-moi mes poupées noires
    mes poupées noires
    poupées noires
    noires
            noires

© Présence africaine

Pour sûr

Pour sûr j'en aurai
marre
sans même attendre
qu'elles prennent
les choses
l'allure
d'un camembert bien fait

Alors
je vous mettrai les pieds dans le plat
ou bien tout simplement
la main au collet
de tout ce qui m'emmerde en gros caractères
colonisation
civilisation
assimilation
et la suite

En attendant
vous m'entendrez souvent
claquer la porte

© Présence africaine

AIMÉ CÉSAIRE (1913-2008)

Cahier d'un retour au pays natal (1939)

[...]
Ceux qui n'ont inventé ni la poudre ni la boussole
ceux qui n'ont jamais su dompter la vapeur ni l'électricité
ceux qui n'ont exploré ni les mers ni le ciel
mais ils savent en ses moindres recoins le pays de souffrance
ceux qui n'ont connu de voyages que de déracinements
ceux qui se sont assouplis aux agenouillements
ceux qu'on domestiqua et christianisa
ceux qu'on inocula d'abâtardissement
tam-tams de mains vides
tam-tams inanes de plaies sonores
tam-tams burlesques de trahison tabide

    Tiède petit matin de chaleurs et de peurs ancestrales
par-dessus bord mes richesses pérégrines
par-dessus bord mes faussetés authentiques
Mais quel étrange orgueil tout soudain m'illumine ?

vienne le colibri
vienne l'épervier
vienne le bris de l'horizon
vienne le cynocéphale

vienne le lotus porteur du monde
vienne de dauphins une insurrection perlière brisant la coquille de la mer
vienne un plongeon d'îles
vienne la disparition des jours de chair morte dans la chaux vive des rapaces
viennent les ovaires de l'eau où le futur agite ses petites têtes
viennent les loups qui pâturent dans les orifices sauvages du corps à l'heure où à l'auberge écliptique se rencontrent ma lune et ton soleil

il y a sous la réserve de ma luette une bauge de sangliers
il y a tes yeux qui sont sous la pierre grise du jour un conglomérat frémissant de coccinelles

il y a dans le regard du désordre cette hirondelle de menthe et de genêt qui fond pour toujours renaître dans le raz de marée de ta lumière
(Calme et berce ô ma parole l'enfant qui ne sait pas que la carte du printemps est toujours à refaire)
les herbes balanceront pour le bétail vaisseau doux de l'espoir
le long geste d'alcool de la houle
les étoiles du chaton de leur bague jamais vue
couperont les tuyaux de l'orgue de verre du soir puis répandront sur l'extrémité riche de ma fatigue
des zinnias
des coryanthes
et toi veuille astre de ton lumineux fondement tirer lémurien du sperme insondable de l'homme la forme non osée que le ventre tremblant de la femme porte tel un minerai !

ô lumière amicale
ô fraîche source de la lumière
ceux qui n'ont inventé ni la poudre ni la boussole
ceux qui n'ont jamais su dompter la vapeur ni l'électricité
ceux qui n'ont exploré ni les mers ni le ciel
mais ceux sans qui la terre ne serait pas la terre
gibbosité d'autant plus bienfaisante que la terre déserte
davantage la terre
silo où se préserve et mûrit ce que la terre a de plus terre
ma négritude n'est pas une pierre, sa surdité ruée contre la
   clameur du jour
ma négritude n'est pas une taie d'eau morte sur l'œil mort
   de la terre
ma négritude n'est ni une tour ni une cathédrale

elle plonge dans la chair rouge du sol
elle plonge dans la chair ardente du ciel
elle troue l'accablement opaque de sa droite patience.

Eia pour le Kaïlcédrat royal !
Eia pour ceux qui n'ont jamais rien inventé
pour ceux qui n'ont jamais rien exploré
pour ceux qui n'ont jamais rien dompté

mais ils s'abandonnent, saisis, à l'essence de toute chose
ignorants des surfaces mais saisis par le mouvement de
   toute chose
insoucieux de dompter, mais jouant le jeu du monde

véritablement les fils aînés du monde
poreux à tous les souffles du monde
aire fraternelle de tous les souffles du monde
lit sans drain de toutes les eaux du monde

étincelle du feu sacré du monde
chair de la chair du monde palpitant du mouvement même
   du monde!

Sang! Sang! tout notre sang ému par le cœur mâle du soleil
ceux qui savent la féminité de la lune au corps d'huile
l'exaltation réconciliée de l'antilope et de l'étoile
ceux dont la survie chemine en la germination de l'herbe!
Eia parfait cercle du monde et close concordance!

Écoutez le monde blanc
horriblement las de son effort immense
ses articulations rebelles craquer sous les étoiles dures
ses raideurs d'acier bleu transperçant la chair mystique
écoute ses victoires proditoires trompeter ses défaites
écoute aux alibis grandioses son piètre trébuchement

Pitié pour nos vainqueurs omniscients et naïfs!

Eia pour ceux qui n'ont jamais rien inventé
pour ceux qui n'ont jamais rien exploré
pour ceux qui n'ont jamais rien dompté

Eia pour la joie
Eia pour l'amour
Eia pour la douleur aux pis de larmes réincarnées

et voici au bout de ce petit matin ma prière virile
que je n'entende ni les rires ni les cris, les yeux fixés sur
   cette ville que je prophétise, belle,
donnez-moi la foi sauvage du sorcier
donnez à mes mains puissance de modeler
donnez à mon âme la trempe de l'épée
je ne me dérobe point. Faites de ma tête une tête de proue

et de moi-même, mon cœur, ne faites ni un père, ni un frère,
ni un fils, mais le père, mais le frère, mais le fils,
ni un mari, mais l'amant de cet unique peuple.

Faites-moi rebelle à toute vanité, mais docile à son génie
comme le poing à l'allongée du bras !
Faites-moi commissaire de son sang
faites-moi dépositaire de son ressentiment
faites de moi un homme de terminaison
faites de moi un homme d'initiation
faites de moi un homme de recueillement
mais faites aussi de moi un homme d'ensemencement

faites de moi l'exécuteur de ces œuvres hautes

voici le temps de se ceindre les reins comme un vaillant
   homme —

Mais le faisant, mon cœur, préservez-moi de toute haine
ne faites point de moi cet homme de haine pour qui je n'ai
   que haine
car pour me cantonner en cette unique race
vous savez pourtant mon amour tyrannique
vous savez que ce n'est point par haine des autres races
que je m'exige bêcheur de cette unique race
que ce que je veux
c'est pour la faim universelle
pour la soif universelle

la sommer libre enfin
de produire de son intimité close
la succulence des fruits.
[...]

© Présence africaine

JACQUES ROUMAIN (1907-1944)
Bois d'ébène (posth. 1945)

Nouveau sermon nègre

À Tristan Rémy.

Ils ont craché à Sa Face leur mépris glacé
Comme un drapeau noir flotte au vent battu par la neige
Pour faire de lui le pauvre nègre le dieu des puissants
De ses haillons des ornements d'autel
De son doux chant de misère
De sa plainte tremblante de banjo
Le tumulte orgueilleux de l'orgue
De ses bras qui halaient les lourds chalands
Sur le fleuve Jourdain
L'arme de ceux qui frappent par l'épée
De son corps épuisé comme le nôtre dans les plantations
   de coton
Tel un charbon ardent
Tel un charbon ardent dans un buisson de roses blanches
Le bouclier d'or de leur fortune
Ils ont blanchi Sa Face noire sous le crachat de leur mépris
   glacé

Ils ont craché sur Ta Face noire
Seigneur, notre ami, notre camarade
Toi qui écartas du visage de la prostituée
Comme un rideau de roseaux ses longs cheveux sur la source de ses larmes

Ils ont fait
    les riches les pharisiens les propriétaires fonciers les banquiers
Ils ont fait de l'homme saignant le dieu sanglant
Oh Judas ricane
Oh Judas ricane :
Christ entre deux voleurs comme une flamme déchirée au sommet du monde
Allumait la révolte des esclaves
Mais Christ aujourd'hui est dans la maison des voleurs
Et ses bras déploient dans les cathédrales l'ombre étendue du vautour
Et dans les caves des monastères le prêtre compte les intérêts des trente deniers
Et les clochers des églises crachent la mort sur les multitudes affamées

Nous ne leur pardonnerons pas, car ils savent ce qu'ils font
Ils ont lynché John qui organisait le syndicat
Ils l'ont chassé comme un loup hagard avec des chiens à travers bois
Ils l'ont pendu en riant au tronc du vieux sycomore
Non, frères, camarades
Nous ne prierons plus
Notre révolte s'élève comme le cri de l'oiseau de tempête au-dessus du clapotement pourri des marécages
Nous ne chanterons plus les tristes spirituals désespérés
Un autre chant jaillit de nos gorges

Nous déployons nos rouges drapeaux
Tachée du sang de nos justes
Sous ce signe nous marcherons
Sous ce signe nous marchons
Debout les damnés de la terre
Debout les forçats de la faim.

© Mémoire d'encrier

LÉOPOLD SÉDAR SENGHOR (1906-2001)
Hosties noires (1948)

À l'appel de la race de Saba

À L.-G. Damas
(pour trois trompes).

V

Mère, sois bénie !

J'ai vu — dans le sommeil léger de quelle aube gazouillée ? — le jour de libération.

C'était un jour pavoisé de lumière claquante comme de drapeaux et d'oriflammes aux hautes couleurs.

Nous étions là, tous réunis, mes camarades les forts en thème et moi, tels, aux premiers jours de guerre, les nationaux débarqués de l'étranger.

Et mes premiers camarades de jeu, et d'autres, et d'autres encore que je ne connaissais même pas de visage, que je reconnaissais à la fièvre de leur regard.

Pour le dernier assaut contre les Conseils d'Administration qui prétendent gouverner les gouverneurs des colonies.

Comme aux dernières minutes avant l'attaque — les cartouchières sont bien garnies, le coup de pinard avalé ; les musulmans ont du lait et tous les grigris de leur foi.

La Mort nous attend peut-être sur la colline ; la Vie y pousse sur la Mort dans le soleil chantant,

Et la Victoire ; sur la colline à l'air pur où les banquiers bedonnants ont bâti leurs villas, blanches et roses

Loin des faubourgs et des misères des quartiers indigènes.

VI

Mère sois bénie !

Reconnais ton fils parmi ses camarades comme autrefois ton champion, *Kor Sanou !* parmi les athlètes antagonistes

À son nez fort et à la délicatesse de ses attaches.

En avant ! Et que ne soit pas le paean[1] poussé

Ô Pindare[2] ! mais le cri de guerre hirsute et le coupe-coupe dégainé

Mais, jaillie des cuivres de nos bouches, la Marseillaise de Valmy plus pressante que la charge d'éléphants des gros tanks que précèdent les ombres sanglantes

---

1. Dans la littérature antique, hymne, chant de joie.
2. Poète lyrique grec, ve siècle avant J.-C.

La Marseillaise catholique.

Car nous sommes là, tous réunis, divers de teint — il y en a qui sont couleur de café grillé, d'autres bananes d'or et d'autres terre des rizières —

Divers de traits, de costume, de coutumes, de langue ; mais au fond des yeux la même mélopée de souffrances à l'ombre des longs cils fiévreux :

Le Cafre, le Kabyle, le Somali, le Maure, le Fân, le Fôn, le Bambara, le Bobo, le Maudiago

Le nomade, le mineur, le prestataire, le paysan et l'artisan, le boursier et le tirailleur

Et tous les travailleurs blancs dans la lutte fraternelle.

Voici le mineur des Asturies, le docker de Liverpool, le juif chassé d'Allemagne, et Dupont et Dupuis et tous les gars de Saint-Denis.

VII

Mère, sois bénie !
Reconnais ton fils à l'authenticité de son regard qui est celle de son cœur et de son lignage ;
Reconnais ses camarades, reconnais les combattants, et salue, dans le soir rouge de ta vieillesse
L'AUBE TRANSPARENTE D'UN JOUR NOUVEAU

© Seuil

Aux tirailleurs sénégalais morts pour la France

Voici le Soleil
Qui fait tendre la poitrine des vierges
Qui fait sourire sur les bancs verts les vieillards
Qui réveillerait les morts sous une terre maternelle.
J'entends le bruit des canons — est-ce d'Irun ? —
    On fleurit les tombes, on réchauffe le Soldat Inconnu.
Vous, mes frères obscurs, personne ne vous nomme.
On promet 500 000 de vos enfants à la gloire des futurs
    morts, on les remercie d'avance, futurs morts obscurs
Die schwarze Schande!

Écoutez-moi, Tirailleurs Sénégalais, dans la solitude de la
    terre noire et de la mort
Dans votre solitude sans yeux, sans oreilles, plus que dans
    ma peau sombre au fond de la Province
Sans même la chaleur de vos camarades couchés tout
    contre vous, comme jadis dans la tranchée, jadis dans les
    palabres du village
Écoutez-moi, tirailleurs à la peau noire, bien que sans
    oreilles et sans yeux dans votre triple enceinte de nuit.

Nous n'avons pas loué de pleureuses, pas même les larmes de vos femmes anciennes
— Elles ne se rappellent que vos grands coups de colère, préférant l'ardeur des vivants.
Les plaintes des pleureuses trop claires
Trop vite asséchées les joues de vos femmes comme en saison sèche les torrents du Fouta
Les larmes les plus chaudes trop claires et trop vite bues au coin des lèvres oublieuses.

Nous vous apportons, écoutez-nous, nous qui épelions vos noms dans les mois que vous mouriez
Nous, dans ces jours de peur sans mémoire, vous apportons l'amitié de vos camarades d'âge.
Ah! puissé-je un jour d'une voix couleur de braise, puissé-je chanter
L'amitié des camarades fervente comme des entrailles et délicate, forte comme des tendons.
Écoutez-nous, morts étendus dans l'eau au profond des plaines du Nord et de l'Est.
Recevez ce sol rouge, sous le soleil d'été ce sol rougi du sang des blanches hosties
Recevez le salut de vos camarades noirs, Tirailleurs Sénégalais

MORTS POUR LA RÉPUBLIQUE!

© Seuil

Prière de paix

[...]

Seigneur Dieu, pardonne à l'Europe blanche !

Et il est vrai, Seigneur, que pendant quatre siècles de lumières elle a jeté la bave et les abois de ses molosses sur mes terres

Et les chrétiens, abjurant Ta lumière et la mansuétude de Ton cœur

Ont éclairé leurs bivouacs avec mes parchemins, torturé mes talbés, déporté mes docteurs et mes maîtres-de-science.

Leur poudre a croulé dans l'éclair la fierté des tatas et des collines

Et leurs boulets ont traversé les reins d'empires vastes comme le jour clair, de la Corne de l'Occident jusqu'à l'Horizon oriental.

Et comme des terrains de chasse, ils ont incendié les bois intangibles, tirant Ancêtres et génies par leur barbe paisible.

Et ils ont fait de leur mystère la distraction dominicale de bourgeois somnambules.

Seigneur, pardonne à ceux qui ont fait des Askia des maquisards, de mes princes des adjudants
De mes domestiques des boys et de mes paysans des salariés, de mon peuple un peuple de prolétaires.
Car il faut bien que Tu pardonnes à ceux qui ont donné la chasse à mes enfants comme à des éléphants sauvages.
Et ils les ont dressés à coups de chicotte, et ils ont fait d'eux les mains noires de ceux dont les mains étaient blanches.
Car il faut bien que Tu oublies ceux qui ont exporté dix millions de mes fils dans les maladreries de leurs navires
Qui en ont supprimé deux cents millions.
Et ils m'ont fait une vieillesse solitaire parmi la forêt de mes nuits et la savane de mes jours.
[...]

© Seuil

DAVID DIOP (1927-1960)
Coups de pilon (1973)

Un Blanc m'a dit...

Tu n'es qu'un nègre !
Un nègre !
Un sale nègre !
Ton cœur est une éponge qui boit
Qui boit avec frénésie le liquide empoisonné du vice
Et ta couleur emprisonne ton sang
Dans l'éternité de l'esclavage.
Le fer rouge de la justice t'a marqué
Marqué dans ta chair de luxure.
Ta route a les contours tortueux de l'humiliation
Et ton avenir, monstre damné, c'est ton présent de honte.
Donne-moi ce dos qui ruisselle
Et ruisselle de la sueur fétide de tes fautes.
Donne-moi tes mains calleuses et lourdes
Ces mains de rachat sans espoir.
Le travail n'attend pas !
Et que tombe ma pitié
Devant l'horreur de ton spectacle.

© Présence africaine

Défi à la force

Toi qui plies toi qui pleures
Toi qui meurs un jour comme ça sans savoir pourquoi
Toi qui luttes qui veilles pour le repos de l'Autre
Toi qui ne regardes plus avec le rire dans les yeux
Toi mon frère au visage de peur et d'angoisse
    Relève-toi et crie : NON!

© Présence africaine

Afrique

À ma mère.

Afrique mon Afrique
Afrique des fiers guerriers dans les savanes ancestrales
Afrique que chante ma grand-Mère
Au bord de son fleuve lointain
Je ne t'ai jamais connue
Mais mon regard est plein de ton sang
Ton beau sang noir à travers les champs répandu
Le sang de ta sueur
La sueur de ton travail
Le travail de l'esclavage
L'esclavage de tes enfants
Afrique dis-moi Afrique
Est-ce donc toi ce dos qui se courbe
Et se couche sous le poids de l'humilité
Ce dos tremblant à zébrures rouges
Qui dit oui au fouet sur les routes de midi
Alors gravement une voix me répondit
Fils impétueux cet arbre robuste et jeune
Cet arbre là-bas

Splendidement seul au milieu de fleurs blanches et fanées
C'est L'Afrique ton Afrique qui repousse
Qui repousse patiemment obstinément
Et dont les fruits ont peu à peu
L'amère saveur de la liberté.

© Présence africaine

Les vautours

En ce temps-là
À coups de gueule de civilisation
À coups d'eau bénite sur les fronts domestiqués
Les vautours construisaient à l'ombre de leurs serres
Le sanglant monument de l'ère tutélaire
En ce temps-là
Les rires agonisaient dans l'enfer métallique des routes
Et le rythme monotone des Pater-Noster
Couvrait les hurlements des plantations à profit
Ô le souvenir acide des baisers arrachés
Les promesses mutilées au choc des mitrailleuses
Hommes étranges qui n'étiez pas des hommes
Vous saviez tous les livres vous ne saviez pas l'amour
Et les mains qui fécondent le ventre de la terre
Les racines de nos mains profondes comme la révolte
Malgré vos chants d'orgueil au milieu des charniers
Les villages désolés l'Afrique écartelée
L'espoir vivait en nous comme une citadelle
Et des mines du Souaziland à la sueur lourde des usines d'Europe
Le printemps prendra chair sous nos pas de clarté.

© Présence africaine

Table des poèmes

Guillaume Apollinaire, « La petite auto »	9
Guillaume Apollinaire, « Guerre »	12
Guillaume Apollinaire, « Les soupirs du servant de Dakar »	14
Guillaume Apollinaire, « Chant de l'honneur »	17
Guillaume Apollinaire, « Tristesse d'une étoile »	21
Blaise Cendrars, « La Guerre au Luxembourg »	22
Louis Aragon, « Front rouge » (II, III)	30
Louis Aragon, « Hymne »	37
Louis Aragon, « Réponse aux jacobins »	39
Jacques Prévert, « Chanson dans le sang »	44
Jacques Prévert, « Le paysage changeur »	47
Max Jacob, « Amour du prochain »	54
Pierre Jean Jouve, « À la France 1939 »	55
Paul Éluard, « Courage »	58
Paul Éluard, « En plein mois d'août »	60
Louis Aragon, « Les lilas et les roses »	62
Louis Aragon, « Romance des quarante mille »	64
Henri Michaux, « La lettre »	67

Henri Michaux, « La lettre dit encore… »	70
Jacques Prévert, « Barbara »	72
Jean Tardieu, « Le paysage »	75
René Char, *Feuillets d'Hypnos* (4, 30, 46, 99, 138, 217)	77
René Char, « Faction du muet »	80
Paul Éluard, « Les armes de la douleur »	82
Paul Éluard, « Liberté »	88
Paul Éluard, « *Nous ne vous chantons pas trompettes…* »	92
Robert Desnos, « Demain »	94
Robert Desnos, « Ce cœur qui haïssait la guerre… »	96
Robert Desnos, « Chant du tabou »	98
Robert Desnos, « *Vaincre le jour, vaincre la nuit* »	100
Robert Desnos, « Le veilleur du Pont-au-Change »	101
René Char, *Feuillets d'Hypnos* (19, 63, 72, 100, 114, 127, 131, 227)	107
Pierre Emmanuel, « Les dents serrées »	109
Paul Éluard, « Comprenne qui voudra »	111
Paul Éluard, « Les vendeurs d'indulgence »	113
Paul Éluard, « Éternité de ceux que je n'ai pas revus »	115
Paul Éluard, « Un compte à régler »	120
Louis Aragon, *Le Musée Grévin* (VII)	122
Louis Aragon, « La rose et le réséda »	130
Paul Valet, « Trois générations »	133
Eugène Guillevic, « Les charniers »	134
René Char, « Le loriot »	139

Table des poèmes 177

René Char, « L'absent »	140
Pierre Emmanuel, « Otages »	141
Georges Perros, « *Les guerres n'est-ce pas…* »	143
Léon Laleau : « Trahison »	149
Léon-Gontran Damas, « Limbé »	150
Léon-Gontran Damas, « Pour sûr »	153
Aimé Césaire, *Cahier d'un retour au pays natal*	154
Jacques Roumain, « Nouveau sermon nègre »	159
Léopold Sédar Senghor, « À l'appel de la race de Saba » (V, VI, VII)	162
Léopold Sédar Senghor, « Aux tirailleurs sénégalais morts pour la France »	165
Léopold Sédar Senghor, « Prière de paix »	167
David Diop, « Un Blanc m'a dit… »	169
David Diop, « Défi à la force »	170
David Diop, « Afrique »	171
David Diop, « Les vautours »	173

DOSSIER

Du tableau

au texte

Sophie Barthélémy

Du tableau au texte

Les Constructeurs
de Fernand Léger

… « *Porter le monde au-dessus de la terre…* »

Juchés sur des échafaudages, tels des acrobates défiant les lois de l'équilibre, des ouvriers bâtisseurs évoluent dans un décor de poutres métalliques et d'échelles se découpant sur un ciel d'un bleu lumineux. Représentés en gros plan, selon un procédé hérité des expériences cinématographiques de l'artiste, ils prennent place dans un espace aérien et flottant où les lois de la pesanteur et les notions d'échelle sont bannies.

Jouant sur de fausses perspectives et des aplats de couleurs contrastées où l'éclat chatoyant des tons purs — le rouge, le bleu et le jaune — dialogue avec les noirs et les blancs, Fernand Léger organise ici un espace fortement architecturé et géométrisé que quadrillent des poutrelles dressées à l'infini. Celles-ci forment un enchevêtrement complexe de lignes horizontales, verticales et diagonales auxquelles répondent les corps mécanisés des personnages. Abandonnant toute subjectivité, le peintre traite alors ses figures comme des objets privés de toute valeur sentimentale ou psychologique. Toutefois, ces ouvriers du bâtiment aux allures de Playmobil n'en sont pas moins des archétypes iconiques.

Véritables héros des temps modernes, ils ne sont pas sans rappeler Marlon Brando dans *L'Équipée sauvage* ou les marins du *Cuirassé Potemkine* du cinéaste Eisenstein auxquels ils empruntent leurs maillots de corps rayés faisant saillir leurs bras musclés et burinés par le soleil. Incarnant le triomphe de la civilisation industrielle et urbaine sur la nature domptée par l'homme et la technique, ils semblent, pour reprendre le vers du poème éponyme de Paul Éluard, « porter le monde au-dessus de la terre » et partir à la conquête du ciel.

… Tout respire ici la joie de vivre, l'élan vital et fraternel…

Foulée au pied par le groupe des constructeurs du premier plan, la souche de bois mort constitue l'unique vestige de cette nature enfin maîtrisée. Élément insolite dans cet univers mécanique, elle semble sortir de l'espace du tableau et rappelle l'importance des arbres dans l'iconographie de Fernand Léger, dont le premier chef-d'œuvre d'inspiration cubiste représentait des *Nus dans la forêt* (1911).

Deux mouvements dynamiques animent la composition et guident le regard du spectateur : au premier plan, le mouvement reptilien de la corde blanche qui serpente le long des poutres ; à l'arrière-plan, celui des nuages qui introduisent un contraste formel et coloré dans l'uniformité lisse de l'espace céleste.

Leur présence, qui répond davantage à des préoccupations plastiques qu'à des intentions métaphoriques, n'apporte cependant aucune ombre au tableau. Tout respire ici la joie de vivre, l'élan vital et fraternel, la foi dans le progrès, dans le travail et dans la construction collective d'un monde nouveau. Vision utopiste et humaniste de l'idéologie communiste, ce tableau de Léger s'inscrit bien dans son temps : celui de la reconstruction de l'après-guerre.

... Une esthétique de la modernité mise au service d'une plus grande efficacité visuelle...

Appartenant à une série dont il constitue la version la plus aboutie, ce tableau s'inscrit dans la dernière période française (1946-1955) de Fernand Léger qui, après cinq années d'exil aux États-Unis, vient de retrouver définitivement Paris. Parti de croquis pris sur le vif et d'un grand nombre d'études préliminaires, montrant tour à tour des mains déformées par le travail ou des groupes de personnages s'affairant sur des échafaudages, l'artiste y travailla pendant trois ans, de 1949 à 1951. Succédant à celle des *Plongeurs* (1942-1946), inspirée par le spectacle de la baignade de jeunes dockers dans le port de Marseille, et à celle des *Cyclistes,* la série des *Constructeurs* marque une étape décisive et ultime dans l'élaboration d'une esthétique renouvelée de la modernité, mise au service d'une plus grande efficacité visuelle. Partisan d'un art d'édification « compréhensif pour tous et sans subtilité », Léger renoue alors avec le sujet et la figure humaine, comme il l'avait déjà fait dans les années 1920 après avoir été tenté par l'abstraction du cubisme orphique de son ami Robert Delaunay. Son intérêt pour la culture populaire et ouvrière, dont il célèbre à la fois, en une chaleureuse épopée sociale, le labeur et les loisirs (*Les Loisirs*; *Hommage à Louis David,*

1948-1949 ; *La Partie de campagne,* 1953 ; *Le Campeur,* 1954), bouscule le champ esthétique qui avait jusqu'alors peu exploré cette iconographie, si l'on excepte le peintre néo-impressionniste de tendance anarchiste Maximilien Luce. Devenu quelques années plus tard ministre de la Culture, l'écrivain André Malraux ne manquera pas de saluer cet engagement militant mis au service du Beau : « Fernand Léger est le seul homme de génie qui ait été capable d'introduire les images du travail et des loisirs dans la véritable peinture » (1969).

… *« J'ai été frappé par le contraste entre ces hommes, l'architecture métallique, les nuages, le ciel »*…

L'artiste lui-même avait à cœur de rappeler que le sujet lui avait été inspiré par la réalité d'une expérience vécue : « Quand j'ai bâti les *Constructeurs,* je n'ai pas fait une concession plastique. C'est en roulant sur la route de Chevreuse que l'idée m'est venue. Il y avait près de la route des pylônes à haute tension en construction. Penchés dessus, des hommes qui travaillent. J'ai été frappé par le contraste entre ces hommes, l'architecture métallique, les nuages, le ciel. Les hommes, tout petits, comme perdus dans un ensemble rigide, dur, hostile. C'est cela que j'ai voulu rendre. J'ai évalué à leur juste valeur le fait humain, le ciel, les nuages, le métal… » Principe de composition dynamique hérité des futuristes italiens, le contraste a toujours été au cœur des recherches formelles de Léger, pour qui la symétrie et l'équilibre sont synonymes de mort et d'immobilisme. Or, ce qui intéresse avant tout « cet homme émerveillé par la nouveauté de tous les jours » (Louis Aragon), « c'est la vie » et ce qu'il peut en tirer plastiquement.

Le récit de cette expérience visuelle ne doit pas nous faire cependant oublier le contexte artistique et idéologique dans lequel s'inscrivent le choix de ce thème et le titre du tableau. Depuis les années 1920, la notion de construction est au centre des systèmes élaborés par l'avant-garde issue du néo-plasticisme et du suprématisme, comme en témoigne en particulier le constructivisme russe, tout dévolu à la construction du socialisme. En 1922 se réunit à Weimar l'« Internationale des constructeurs ». Deux ans plus tard, l'artiste russe El Lissitzky se revendique comme un « constructeur ». La comparaison entre le tableau de Léger et la couverture du numéro 11 de la revue soviétique *L'URSS en construction,* paru en 1949, est pour le moins troublante : on y voit des ouvriers occupés au montage d'une structure métallique dominant la place Smolensk de Moscou. L'analogie de composition et de cadrage laisse supposer que Léger connaissait cette image, dont il s'est sans nul doute souvenu en peignant ses *Constructeurs.*

… cette nouvelle imagerie inspirée par la machine et le dynamisme urbain…

L'artiste était fasciné par l'urbanisation croissante des villes et des grandes métropoles, qui étaient devenues en quelques années de vastes chantiers permanents. En 1918, les échafaudages de la place Clichy lui inspirent ainsi les *Disques dans la ville,* mais c'est surtout la découverte des gratte-ciel de New York, décrits par le peintre comme « le plus formidable spectacle du monde », qui lui révèle la modernité urbaine. Depuis toujours, Léger avait une passion particulière pour la ferraille, les boulons, les rivets et autres engrenages mécaniques, ce qui lui valut le surnom de « tubiste » par le critique Louis Vauxcelles, connu pour son sens de la formule. La Première Guerre mondiale le conforta par la suite dans cette croyance en l'esthétique de la machine qui ne devait plus jamais le quitter : « Je fus ébloui par une culasse de 75 ouverte en plein soleil. » Réalisé en 1923, le tableau intitulé *Les Remorqueurs* inaugure cette nouvelle imagerie inspirée par la machine et le dynamisme urbain.

Cette passion du métal allait de pair avec celle de l'architecture, qu'il étudia à Caen puis à Paris avant de se consacrer définitivement à la peinture en 1903. Lié dès 1925 à Le Corbusier et à Robert Mallet-Stevens, il milite pour un rapprochement entre peinture et architecture, prônant l'art mural, plus ancré dans le quotidien et la société. Sans pour autant se détourner de la tradition du tableau de chevalet, il considère que la peinture doit s'émanciper du carcan contraignant de son cadre et descendre dans la rue : « Ce n'est pas au musée que j'aurais voulu voir ma *Fleur qui marche* mais dans un endroit populaire, au milieu de belles maisons neuves qui pompent la lumière et la respiration des arbres... » (1955).

... il décide d'accrocher son tableau dans la cantine des usines Renault de Boulogne-Billancourt...

Comme ce fut le cas pour ses amis littérateurs, Louis Aragon, Blaise Cendrars et Paul Éluard, l'engagement artistique de Fernand Léger fut toujours inextricablement lié à ses convictions politiques. Sympathisant du parti communiste depuis le Front populaire avant d'en devenir un membre actif à son retour en France en 1946, le peintre des *Constructeurs* se sentait investi d'une mission sociale qui le destinait à rendre l'art accessible aux classes laborieuses. Fils de paysan normand, Léger n'avait jamais oublié ses origines modestes, ni ses compagnons de fortune du front d'Argonne, pour la plupart issus du monde industriel : mineurs, terrassiers, artisans du bois et du fer... Aussi se sentait-il proche des travailleurs dont il partageait les aspirations à plus de justice sociale, de bien-être et de solidarité, et rêvait-il de concilier avant-garde et art populaire. Lors de l'Exposition universelle de 1937, il réalise ainsi un grand panneau sur le thème du syndicalisme ouvrier qui témoigne une fois encore de son militantisme ouvertement affirmé. L'ouvrier, à l'instar de la machine, est pour Léger le nouvel emblème de la modernité et doit, à ce titre, investir le champ pictural.

Son adhésion au parti communiste lui ouvrit certes quelques portes, mais il dut faire face bien souvent à l'incompréhension des militants et à l'hostilité des dirigeants qui considéraient ses innovations esthétiques comme peu orthodoxes. Présentés au mois de juin 1951 à la Maison de la pensée française, institution phare du Parti, ses *Constructeurs* retiennent peu l'attention des visiteurs. Rédacteur des *Lettres françaises*, organe de presse officiel du Parti, Aragon commente à peine l'exposition, malgré sa grande estime pour Léger. Ce dernier ne désarme pas pour autant. Impatient de connaître le sentiment des ouvriers, il décide d'accrocher son tableau pendant quelques jours dans la cantine des usines Renault de Boulogne-Billancourt : « À midi, les gars sont arrivés. Mes toiles leur semblaient drôles. Moi, je les écoutais et j'avalais tristement ma soupe. Huit jours plus tard, je suis retourné manger à la cantine. L'atmosphère avait changé [...]. Qui sait, les toiles les intriguaient-ils? [...] Un gars me dit : "vous allez voir, ils vont s'apercevoir mes copains, quand on aura enlevé vos toiles, quand ils auront le mur tout nu devant; ils vont s'apercevoir ce que c'est que vos couleurs..." "ça fait plaisir ça!..." » L'expérience a réussi. Les ouvriers ont fini par s'approprier l'œuvre et à en apprécier les qualités plastiques. La réflexion de l'ouvrier rejoint d'ailleurs les propres préoccupations de l'artiste dont l'obsession était de faire vivre le mur : « Un mur nu est une surface morte. Un mur coloré devient une surface vivante. »

... un réalisme plastique accessible à tous, refusant la peinture narrative et la peinture d'histoire...

Tout en partageant avec certains de ses amis surréalistes le culte de Staline, Léger n'en préfère pas moins au réalisme socialiste soviétique un réalisme qu'il qualifie d'« objectif ». Membre dès 1932 de l'Association des écrivains et artistes révolutionnaires, il s'oppose à Aragon, dans les discours organisés à la Maison de la culture en 1936, sur la querelle du réalisme pour protester au nom du Beau et du peuple contre l'art de propagande. Invoquant le rôle social du peintre, il propose une autre alternative : un réalisme plastique accessible à tous, refusant la peinture narrative et la peinture d'histoire, jugées trop subjectives et orientées, voire aussi élitistes et rébarbatives. Pour lui, seule l'organisation des loisirs ouvriers permettra de réconcilier l'art et le peuple. Les gens simples sont, au même titre que l'élite cultivée se rendant dans les musées, en quête du Beau lorsqu'ils vont au cinéma, au cirque et au music-hall. Aussi, s'inspire-t-il des athlètes et des gens du cirque — acrobates, jongleurs, clowns — afin de coller le plus possible à leur réalité. Sa dernière grande série, intitulée *La Grande Parade* (1954), est justement inspirée par l'univers du cirque, dont Léger, à la suite de Picasso et des artistes d'avant-garde, était un spectateur assidu. De même, les ouvriers bâtisseurs des *Constructeurs* sont représentés comme d'agiles acrobates évoluant sans effort sur leur chapiteau métallique. Dans le monde léger de l'artiste, au nom prédestiné, « la peinture n'a pas cessé d'être un jeu », comme l'affirmait Aragon. Par son idéalisme hédoniste et son réalisme symbolique, Fernand Léger se démarque d'un André Fougeron, champion austère du réalisme socialiste français. Rongés par le travail, ses mineurs sont bien éloignés des ouvriers idéalisés de Léger, tour à tour célébrés dans leur oisiveté bien méritée et dans la noblesse sublimée de leurs gestes au travail.

... farouchement et souvent aveuglément fidèles au Parti...

Cet idéalisme quelque peu naïf, nourri par un profond et sincère humanisme, Léger le partageait avec beaucoup d'intellectuels communistes, en particulier avec Aragon, qui croyait lui aussi en la « rééducation de l'homme par l'homme ». Comme l'écrivain, le peintre a connu les horreurs de la guerre et son engagement politique est antérieur à sa période communiste militante. Tous deux sont restés farouchement et souvent aveuglément fidèles au Parti quand d'autres, comme Breton, s'en sont éloignés, l'esprit frondeur et iconoclaste du surréalisme s'accommodant parfois mal de la rigueur communiste. En revanche, contrairement à Aragon et à Éluard, engagés dans la Résistance, Fernand Léger a fui la patrie pour trouver refuge aux États-Unis où l'attendaient d'autres exilés célèbres, comme André Breton, Max Ernst ou encore Piet Mondrian. Chez Éluard et Aragon, la ferveur patriotique est inséparable de la passion amoureuse, comme en témoignent *Les Yeux d'Elsa*, où l'évocation de la femme aimée se mêle au cri de révolte contre la barbarie nazie.

Le choix de l'exil n'empêche toutefois pas Léger de s'associer aux écrits politiques de ses amis. Il illustrera plus tard l'emblématique poème d'Éluard, « Liberté », largué en 1942 par l'aviation anglaise sur la France occupée.

On ne sait rien, en revanche, de l'engagement de Léger dans la guerre d'Espagne, où s'impliquèrent, au nom de la lutte contre le fascisme et de la défense républicaine, un grand nombre d'intellectuels et d'artistes français, comme Malraux, Éluard, Aragon et bien sûr Picasso, avec son célèbre *Guernica*.

... « *Toute la machinerie anonyme, démoniaque, systématique, aveugle* »...

Mais c'est sans doute avec le poète Blaise Cendrars que Fernand Léger partageait le plus d'affinités. Les deux hommes s'étaient rencontrés en 1908 à la Ruche, au sein de la bohème artistique de Montparnasse où sévissaient aussi Guillaume Apollinaire, Max Jacob, Amedeo Modigliani, Chaïm Soutine, Marc Chagall et Robert Delaunay. Mobilisés en 1914, tous deux avaient été durement éprouvés par la guerre, Cendrars avait perdu sa main droite, Léger avait été gazé et, au péril de sa vie, dans la boue des tranchées, avait dessiné afin de faire œuvre de témoignage. C'était là, déjà, une forme d'engagement.

L'horreur absurde des combats a inspiré à Cendrars ses plus beaux poèmes. Dans « La guerre au Luxembourg » (1916), illustrée par six dessins de Moïse Kisling, l'écrivain accentue le côté tragique en utilisant, comme Léger dans ses toiles, le procédé du contraste qui oppose ici ironiquement aux soldats combattant sur le front des enfants jouant innocemment à la guerre dans le paisible jardin du Luxembourg. Deux ans plus tard, il récidive avec un poème au titre poignant : « J'ai tué », illustré cette fois par Léger, dont les dessins font écho aux états d'âme du poète, fasciné autant que révulsé par l'implacable et démoniaque machine de guerre : « J'ai bravé la torpille, le canon, les mines, le feu, le gaz, les mitrailleuses, toute la machinerie anonyme, démoniaque, systématique, aveugle... »

Bien des années plus tard, en 1956, soit un an après la mort de Léger, Cendrars rendra à son tour hommage à cette collaboration et à leurs souvenirs communs du front, en préfaçant l'ouvrage de Douglas Cooper sur les *Dessins de guerre (1915-1916) de Fernand Léger*.

Partageant la même vision poétique de la modernité, les deux hommes se passionnèrent pour le cinéma et la chorégraphie d'avant-garde, collaborant à *La Roue* d'Abel Gance et à la *Création du monde* des Ballets suédois (1923).

… Un portrait dessiné de Léger jouant de l'accordéon et tendrement dédicacé…

Plus visuel qu'intellectuel, Fernand Léger ne s'est jamais essayé à l'écriture ou à la poésie, se contentant de s'y associer plus indirectement par l'illustration. En revanche, Cendrars comme Aragon s'intéressaient à la peinture et aux enjeux de l'art moderne. On doit au premier des entretiens radiophoniques avec Léger et le galeriste Louis Carré sur le paysage dans l'œuvre de l'artiste. Quant au second, il est l'auteur d'*Écrits sur l'art moderne*, recueil hétérogène d'une cinquantaine de textes critiques rédigés entre 1918 et 1980. Ce corpus se présente comme une lecture engagée de la production artistique du XXe siècle face aux enjeux politiques de l'époque. À ces textes s'ajoutent aussi des poèmes en vers destinés à préfacer des catalogues d'expositions consacrées à Marc Chagall, André Masson et Fernand Léger.

S'il admire Henri Matisse, auquel il consacre une monographie romancée en 1971, Aragon encense surtout les artistes proches du parti communiste, comme Pablo Picasso, Georges Braque et Fernand Léger, auquel il rendra de nombreux hommages posthumes : « La peinture de Fernand Léger s'offre au grand vent de l'histoire, comme le témoignage sublime, presque unique, de notre temps qui a tant détruit, mais du moins aura vu ceci naître… » (*France Nouvelle*, 10 septembre 1959). Un an plus tard, il lui dédie un poème publié dans les *Lettres françaises* avec des dessins de l'artiste sur Paris réunis dans un livre intitulé *Mes voyages*. Un portrait dessiné de Léger jouant de l'accordéon, et tendrement dédicacé « Marchons légèrement », accompagne le poème.

Le 17 août 1955, jour des funérailles de l'artiste, Aragon et Cendrars font partie du cortège qui accompagne le corbillard et le défunt à sa dernière demeure. Fidèle à la mémoire de son ami, Aragon sera aussi de ceux qui soutiendront, aux côtés de sa veuve Nadia Léger, le projet de création d'un musée Fernand-Léger à Biot, où *Les Constructeurs* et bien d'autres chefs-d'œuvre de l'artiste sont aujourd'hui conservés.

DOSSIER

Le texte

en perspective

Hélène Fieschi

SOMMAIRE

Vie littéraire : La poésie engagée — **199**
1. Histoire de l'engagement — 200
2. Pourquoi des poètes en temps de détresse ? — 202
3. Formes modernes de l'engagement poétique — 203

L'écrivain à sa table de travail : L'écriture à l'épreuve de l'Histoire — **209**
1. Les formes de l'engagement : une régression poétique ? — 210
2. Une poésie de circonstance — 213
3. Du lyrisme individuel au lyrisme collectif — 216

Groupements de textes thématique : La guerre d'Espagne — **220**

Federico García Lorca, « Romance de la Garde civile espagnole » (221) ; Antonio Machado, *Champs de Castille* (225) ; Pablo Neruda, « Madrid 1936 » (225) ; Rafael Alberti, « Aux Brigades internationales » (227) ; Paul Éluard, « Novembre 36 » (228) ; Jules Supervielle, « Des deux côtés des Pyrénées » (229) ; Louis Aragon, « Santa Espina » (231).

Groupements de textes stylistique : Engagement en prose — **233**

Émile Zola, « J'accuse » (234) ; Albert Camus, « À guerre totale résistance totale » (237) ; Benjamin Péret, *Le Déshonneur des poètes* (240) ; Primo Levi, *Si c'est un homme* (242) ; Jean-Paul Sartre, *Situations II* (243).

Chronologie : Louis Aragon, Paul Éluard et leur temps — **248**
1. Enfance et formation — 248
2. L'aventure surréaliste — 250

3. Politique et poétique 252
4. L'après-guerre 255

Éléments pour une fiche de lecture **258**

Vie littéraire
La poésie engagée

L'ENGAGEMENT est un mode d'existence dans et par lequel l'individu est impliqué activement dans le cours du monde et s'éprouve responsable de ce qui arrive, ce qui débouche sur une action. Cette attitude « philosophique » n'est pas spécifique à l'écrivain, mais c'est bien l'engagement des écrivains qui nous intéresse ici, à savoir toutes les attitudes de ceux qui pensent que l'art en général et leur art en particulier doit servir une certaine idée de l'homme, ce qui implique une participation directe aux problèmes de l'époque. L'écrivain engagé est celui qui pense que tout homme est responsable de ce qui se passe en son temps, *a fortiori* lui-même s'il considère que la mission de l'écrivain est d'éclairer l'opinion et d'agir sur les pouvoirs et sur le public grâce à son prestige d'artiste.

1.
Histoire de l'engagement

1. *Les origines*

L'engagement existe naturellement avant le XXe siècle : Pierre de Ronsard et Agrippa d'Aubigné prenant fait et cause respectivement pour les catholiques et pour les protestants pendant les guerres de Religion qui déchirèrent le XVIe siècle, André Chénier s'opposant à Robespierre et à la Terreur, Victor Hugo qui trempe sa plume dans l'encre amère de l'exil pour crier son mépris et sa haine de Napoléon III, sont les grands précurseurs de cette attitude.

2. *Le pionnier*

Pourtant l'on peut dire que le XXe siècle est le siècle de l'engagement, parce qu'il marque une emprise croissante de la vie collective sur la vie individuelle, parce que c'est le siècle des conflits d'envergure mondiale, des combats politiques et sociaux et, surtout, parce que ce siècle témoigne de l'avènement d'une figure indissociable de cette posture de l'engagement : celle de l'intellectuel.

Son acte de naissance officiel est « J'accuse », tribune publiée par Émile Zola dans le journal *L'Aurore* le 13 janvier 1898, pour demander la révision du procès du capitaine Dreyfus, premier cri rageur de cet écrivain engagé devenu la grande figure du XXe siècle. Ce qui caractérise l'intellectuel, à partir de là, c'est une certaine façon d'utiliser sa notoriété, son art, son langage, et parfois son œuvre, pour faire remonter à la surface des débats enfouis par les autorités. Le définissent aussi l'esprit critique, la polémique : l'art de combattre par les mots, d'utiliser sa plume comme une épée. L'intellectuel engagé pense par lui-même, ce qui l'amène souvent à s'opposer à l'ordre établi (qu'il soit politique, social ou moral). Sa vocation, c'est de rendre le débat public, de faire que personne ne se sente dispensé, si ce n'est de prendre position, au moins de réfléchir sur les débats contemporains.

3. *Le symbole*

Jean-Paul Sartre incarne cette figure de l'intellectuel engagé à partir de la Seconde Guerre mondiale parce qu'il théorise ce qui n'était jusqu'alors qu'un comportement. Pour lui, l'engagement est constitutif de la littérature. Il ne s'agit pas seulement de prendre position en cas de nécessité, la littérature elle-même est action et recherche d'efficacité, et c'est à ce titre qu'elle est actuelle, c'est-à-dire « en situation » dans son époque. Si Sartre personnifie à ce point l'intellectuel engagé, c'est qu'il fut de tous les combats, de la Libération à Mai 68, en passant par les conflits de la guerre froide, de l'Algérie et du Vietnam. Compagnon de route du parti communiste, il prit ses distances à partir de 1956, quand les chars soviétiques entrèrent dans Budapest. Il alla parfois même jusqu'à affirmer que l'engagement verbal ne suffit pas, comme dans ce texte très célèbre de *Qu'est-ce que la littérature ?* (1947) :

> On n'écrit pas pour des esclaves. L'art de la prose est solidaire du seul régime où la prose garde un sens : la démocratie. Quand l'une est menacée, l'autre l'est aussi. Et ce n'est pas assez que de les défendre par la

plume. Un jour vient où la plume est contrainte de s'arrêter et il faut alors que l'écrivain prenne les armes. Ainsi de quelque façon que vous y soyez venu, quelles que soient les opinions que vous ayez professées, la littérature vous jette dans la bataille ; écrire c'est une certaine façon de vouloir la liberté ; si vous avez commencé, de gré ou de force vous êtes engagé.

2.
Pourquoi des poètes en temps de détresse ?

La poésie est-elle un véhicule privilégié de l'engagement de l'écrivain ? Autrement dit, y a-t-il une communauté de valeurs qui explique que la littérature engagée qui est produite en temps de crise ou de guerre soit spécifiquement poétique ?

Ce qui est sûr, c'est que les poètes du XXe siècle reprennent à leur compte le credo de Victor Hugo, fondant en ces termes la mission du poète dans son recueil publié en 1839, *Les Rayons et les Ombres* (« Fonction du poète », v. 81-84) :

> Le poète en des jours impies
> Vient préparer les jours meilleurs.
> Il est l'homme des utopies,
> Les pieds ici, les yeux ailleurs.

Et pourtant, n'est-ce pas au départ un paradoxe que cet engagement du poète dans les combats de son temps, lui qui est l'homme de la solitude, lui dont la création s'abreuve à la contemplation de son être intérieur, lui qui a besoin de calme et de retrait pour méditer sur le monde et le chanter ? Mais, depuis Victor

Hugo, s'il a beau être solitaire, le poète ne peut se dispenser d'être solidaire. Sinon, son œuvre, frappée du sceau de l'inutilité, est disqualifiée.

D'autre part, la poésie engagée est un cri, le poète y met tellement de lui-même, de ses colères, de ses espoirs, de ses opinions, qu'elle est nécessairement proche de la poésie lyrique. L'engagement s'inscrit donc historiquement dans la tradition de la grande poésie lyrique française. Il suffit d'une circonstance dramatique, d'une urgence vitale, «la patrie en danger», pour que le poète, paraphrasant Victor Hugo, «ajoute à [s]a lyre une corde d'airain» (*Les Feuilles d'automne*, XL, v. 54), c'est-à-dire passe d'un lyrisme personnel à un propos collectif, sans heurt ni hiatus.

Enfin, si l'on considère que l'objet de la poésie, c'est le monde, on comprend que toute poésie est nécessairement, et presque consubstantiellement politique. Celle qui se définit par une libération et une réinvention permanente du langage a d'autre part besoin de liberté pour être conçue. C'est pourquoi l'essence de la poésie est d'être révolutionnaire. Toutes raisons qui expliquent que l'engagement trouve dans l'expression poétique une sorte d'espace naturel...

3.

Formes modernes de l'engagement poétique

1. *Apollinaire et la modernité*

À la veille de la Grande Guerre, en France, le sentiment général est qu'on entre dans un monde nouveau, dominé par le progrès technique, le développement des transports et la découverte de la vitesse : l'expérience humaine s'enrichit et s'ouvre à la dimension planétaire. L'univers mental des poètes en est bouleversé. La fonction de l'art elle-même est à réinventer. Face à cet avènement de la civilisation technique, la poésie adapte ses modes d'expression. Il ne peut plus être seulement question de représenter le monde, il faut maintenant le créer ; la poésie n'est plus un simple travail de transposition du réel, mais un acte de vie intégral. L'impression dominante face à ce monde démultiplié est-elle la fragmentation, parfois la confusion ? Apollinaire réplique en supprimant toute ponctuation et en introduisant des images insolites qui traduisent une approche directe, immédiate du monde. Il est le héraut de cette modernité. Il a décidé de faire des automobiles, des tramways, des usines, de la publicité murale, des canons et de la tour Eiffel, des objets poétiques au même titre que ne l'étaient la rose, le lac ou les grands arbres romantiques. Corollairement, le poème est désormais moins un ensemble maîtrisé et construit que le produit des libres associations de l'esprit en mouvement, et surtout moins un texte qu'un objet, ce que ses *Calligrammes* incarneront au plus haut point : ces poèmes figuratifs illustrent, en effet, la tentative de rapprochement entre le texte et l'image et la volonté de conférer aux mots un pouvoir de représentation plus important. Ce qu'Apollinaire apporte de résolument nouveau, c'est donc aussi une libération par rapport à la disposition typographique traditionnelle : il propose au regard des parcours inédits dans la page.

Pour toutes ces raisons, on comprend que la guerre, si riche en sensations inouïes et en spectacles « merveilleux » soit pour lui source d'inspiration. À son propos, les poèmes font défiler des impressions très variées, allant de l'émerveillement un peu naïf au patriotisme béat, parce qu'il a le sentiment que cette guerre, toute sanglante qu'elle soit, est le passage obligé de la naissance d'un monde neuf, ce qui n'empêche pas la nostalgie d'un monde perdu et disloqué, et la conscience d'appartenir à une génération sacrifiée.

2. *Le surréalisme, ou « changer la vie »*

Le surréalisme est un mouvement de contestation qui s'en prend aussi bien à l'inspiration qu'aux formes et pratiques de l'écriture elle-même. Défini par André Breton, il est caractérisé par la volonté de créer en dehors de tout contrôle de la raison. En poésie, cela se traduit par une aventure collective, une grande effervescence et des expériences privilégiant les associations spontanées de mots, la transcription des rêves, la mise au jour du fonctionnement de l'inconscient et l'écriture « automatique », c'est-à-dire sur laquelle ne s'exerce aucun esprit critique, aucune faculté raisonnante ou rationnelle. C'est donc moins une école qu'une perpétuelle expérimentation, une découverte permanente et une immense provocation.

Le surréalisme est né de la guerre de 1914-1918 et c'est avant tout comme une réaction à cette guerre qu'il s'est élaboré, parce que la guerre a gravement mis en péril l'exercice de la liberté. Le surréalisme met en jeu une conception générale de l'homme, il déborde largement le champ artistique et se définit sans cesse par des prises de position politiques et morales. La poésie et l'humour ont toujours été considérés comme les meilleurs moyens pour l'esprit d'affirmer son indépendance et de se libérer de toutes les contraintes qui caractérisent le quotidien. D'où cet aspect de révolte, de négation, qu'il y a toujours dans le mouvement. Mais si les surréalistes provoquent et scandalisent, ce n'est pas dans un but nihiliste ou destructeur, c'est dans l'espoir optimiste de trouver la « vraie vie » dont parlait déjà Arthur Rimbaud. Ce credo de Rimbaud, « changer la vie », les surréalistes le reprennent à leur compte et l'identifient à un autre mot d'ordre contemporain, énoncé par Karl Marx : « transformer le monde ». Les surréalistes passèrent donc d'un mouvement de pure révolte à un désir de révolution, et d'un désengagement instinctif (rêver pour se protéger du scandale du Réel, de la Guerre) à un inévitable engagement. En effet, pour « changer la vie », on ne peut se contenter de rêver. De ce constat découlèrent plusieurs décennies de valse-hésitation dans les relations avec le parti communiste. Tentés par l'adhésion, les surréalistes y renoncèrent quand ils comprirent que cet engagement se ferait au détriment de leurs expériences poétiques et allèrent même jusqu'à exclure ceux qui avaient choisi l'affiliation, comme Louis Aragon et Georges Sadoul, en 1932. Malgré tout, ils continuent à affirmer leur projet révolutionnaire quand ils se rallient au Comité de vigilance des intellectuels antifascistes, en 1935. À l'approche de la Seconde Guerre mondiale, l'aventure surréaliste se caractérise par l'inquiétude, la mise en question du monde. Ils recherchent dans l'exercice du langage un moyen de dénoncer l'absurdité de ce monde et aussi de lui redonner du sens. C'est pourquoi, quand survient l'entrée en guerre, André Breton met sous presse une *Anthologie de l'humour noir*, qui sera d'ailleurs censurée par le régime de Vichy, persuadé qu'il est que l'humour noir est un moyen de rendre à l'homme sa souveraineté, lui que la guerre prive de son unité.

3. *Écrire et publier en temps de guerre*

La France est occupée à partir de juillet 1940 et divisée en deux zones. Le régime de Vichy s'installe dans « la voie de la collaboration » qui, sous un masque de « rénovation » morale et patriotique, prépare en fait une collaboration ouverte et une occupation totale du pays, qui sera effective en novembre 1942. La résistance à ce processus fut longue à se mettre en place, elle commence le 18 juin 1940, avec l'appel du général de Gaulle, et dès cette année les poètes se regroupent autour de revues qui luttent contre la pensée unique. En zone libre, Pierre Seghers publie *Poésie*, revue à laquelle collaborent Louis Aragon, Paul Éluard et Pierre Jean Jouve. René Tavernier reprend *Confluences* à Lyon et Max-Pol Fouchet fonde la revue *Fontaine*, à Alger. Ces revues sont des espaces de liberté, à l'heure où la censure s'exerce sur tous les écrits : « La France, vaincue, n'a d'yeux que pour sa défaite, et cette défaite, fortifiée par un certain goût du fatal, en vient à oblitérer, et particulièrement à voiler, enténébrer une victoire intellectuelle qui, non seulement demeure, mais encore se poursuit », écrit Max-Pol Fouchet dans l'éditorial de *Fontaine*, en juillet 1940. La presse étant aux mains du pouvoir, les informations diffusées relèvent de la propagande, et la poésie s'invente une fonction nouvelle : répandre, sous forme de tracts ou de libelles, des refrains, des chansons et des images propres à réveiller en l'homme la nécessité du combat. C'est ainsi que l'un des plus célèbres poèmes de cette époque, « Liberté » d'Éluard, a été traduit en dix langues avant d'être parachuté par la Royal Air Force sur les territoires occupés. Le poète définissait ainsi son but : « retrouver, pour nuire à l'occupant, la liberté d'expression ». Parallèlement, un romancier, Pierre de Lescure, et un dessinateur, Jean Bruller, dit Vercors, créent une maison d'édition clandestine, les Éditions de Minuit, en publiant *Le Silence de la mer*, en février 1942. Le roman est un coup de maître, car personne n'identifie l'auteur sous le pseudonyme de Vercors. On loue les qualités littéraires de l'ouvrage, qui réussit le prodige technique d'être publié en un temps où les restrictions de papier rendent le travail des éditeurs particulièrement épineux.

Et, en effet, l'Occupation allemande est une époque paradoxale dans l'histoire de l'édition et de la lecture. Jamais on n'a autant lu qu'entre 1940 et 1944, où l'on estime que la consommation littéraire a été multipliée par deux ou trois. Libraires et bouquinistes sont dévalisés, mais la production ne suit pas, les restrictions de papier sont draconiennes et freinent l'expansion de l'édition française. À ce titre les poèmes, plus courts, plus facilement mémorisables, voyagent plus facilement que les romans. La diffusion des idées de combat leur est donc plus aisée, ce qui est une autre explication de leur succès et de leur profusion pendant ces années sombres.

L'écrivain à sa table de travail

L'écriture à l'épreuve de l'Histoire

LES DEUX POÈTES dont nous avons choisi de parler plus précisément ont connu des destinées littéraires à la fois proches et distinctes, nous y reviendrons. Tous deux sont déjà de très grands poètes, unanimement reconnus, quand éclate la Seconde Guerre mondiale. Cette guerre constitue dans leur vie d'homme et dans leur œuvre une rupture fondamentale. C'est encore plus évident pour Aragon, dont le dernier recueil édité est *Hourra l'Oural* en 1934, et qui se consacre depuis cette date exclusivement à son grand cycle romanesque du « Monde réel ». Il ne recommence à écrire de la poésie qu'en 1939, des poèmes qui seront ensuite publiés dans *Le Crève-cœur* en 1941. Après ce long silence poétique, on sent l'influence des événements historiques sur la production littéraire de l'écrivain : c'est bien la guerre, la défaite et la nécessité inédite de résister qui poussent Aragon à reprendre sa plume de poète. La poésie est d'abord le choix tactique de quelqu'un qui veut réagir rapidement, qui veut que ses œuvres soient plus faciles à diffuser — et à lire — qu'un gros roman pour trouver le meilleur écho. Pour Éluard, la question ne se pose pas dans les mêmes termes, puisqu'il n'a jamais écrit que de la poésie. Reste qu'il aurait pu demeurer muet, ou faire de ses poèmes un refuge poétique idéal contre les horreurs du quotidien, une fuite face aux réalités du désastre de la guerre, et que ça n'a pas été le cas... Dès 1941, le poème « Liberté », emblématique du refus du poète, en témoigne.

1.

Les formes de l'engagement : une régression poétique ?

Avec la guerre, Aragon « redevient » donc poète, tandis qu'Éluard continue son métier de poète, sans rupture apparente. Mais quelles formes donnent-ils à cette poésie de combat contre l'Occupation ? Peut-on dire que leurs poèmes de guerre s'inscrivent dans la continuité ou dans la rupture, par rapport à leur production antérieure ?

1. *Parler au plus grand nombre*

Tous deux sont issus de l'expérience surréaliste : c'est en tant que surréalistes qu'ils sont nés à la poésie, et l'on sait maintenant que le surréalisme est avant tout une expérimentation des pouvoirs de l'image et du langage. Éluard, surtout, est un des poètes qui est allé le plus loin dans l'exploration des mécanismes du langage, ce qui fait de sa poésie d'avant guerre une poésie audacieuse où les alliances de mots et les images qui en jaillissent provoquent et surprennent le lecteur.

Or, quand on lit les poèmes qui vous sont proposés dans cette anthologie, on peut être surpris de ne pas retrouver cette impression de choc verbal... C'est que le combat, désormais, a changé de sens... Les poèmes surréalistes sont pourtant aussi, à leur manière, des poèmes de combat. Mais ils combattent contre la logique, contre le « bon sens », contre l'image attendue et la régularité du rythme ou de la rime. Ils combattent pour retrouver dans des images inédites la vérité des mots. Ils veulent libérer le langage dans son fonctionnement, alors que le problème des poètes résistants, ce sera plutôt de libérer le langage dans son contenu pour pouvoir dire des choses désormais interdites, comme l'amour de la patrie et de la fraternité, le refus de la défaite et de la collaboration.

On a donc l'impression que la poésie engagée, pendant la Seconde Guerre mondiale, prend une voie plus modeste, renouant avec la tradition populaire et une prosodie plus « classique », plus accessible à la masse des lecteurs. Car à quoi bon écrire de la poésie d'avant-garde si personne ne la lit? L'urgence, ici, était bien plutôt que ces poèmes soient sur toutes les lèvres, et tant pis si leur forme était moins révolutionnaire...

2. *Le rôle de la rime*

Ainsi, ces poètes, qui avaient exploré les limites de la déstructuration du poème, reviennent à l'heptasyllabe, le vers impair de Verlaine, à l'octosyllabe et, surtout, à l'alexandrin et à la rime. C'est encore plus flagrant chez Aragon, qui théorise ce retour dans un texte très célèbre, « La rime en 1940 », qui parle autant de poétique que de politique, comme le montre sa publication dans la revue clandestine de Pierre Seghers, *Poètes casqués*, le 20 avril 1940, c'est-à-dire avant l'armistice :

> Alors la rime reprend sa dignité, parce qu'elle est l'introductrice des choses nouvelles dans l'ancien et haut langage qui est soi-même sa fin, et qu'on nomme poésie. Alors la rime cesse d'être en dérision, parce qu'elle participe à la nécessité du monde réel, qu'elle est le chaînon qui lie les choses à la chanson, et qui fait que les choses chantent.
> Jamais peut-être faire chanter les choses n'a été plus urgente et noble mission à l'homme, qu'à cette heure où il est plus profondément humilié, plus entièrement dégradé que jamais.

À ceux qui seraient tentés de lui reprocher ce retour à la rime comme une « régression », Aragon rétorque donc que la rime, vieille « ficelle » poétique, renaît comme le Phénix en se trempant dans la fontaine de jouvence de la poésie de circonstance. À situation nouvelle, poésie nouvelle, même avec des recettes vieilles comme le monde. On voit bien aussi, dans cet extrait, combien compte l'efficacité musicale : quand Aragon parle de « chanson », on comprend qu'il veut avant tout que ses textes circulent, que tous se les récitent et se les transmettent, qu'ils soient facilement mémorisables, et pour cela, c'est évident, rien de mieux que la rime.

3. *Se jouer de la censure*

De la même façon, on a pu s'étonner de voir jaillir, sous la plume de ces poètes, une poésie jugée par certains « facile », ce qu'Aragon explique une fois encore par la nécessité qu'il y a désormais à parler à tous, et non à quelques initiés, lettrés et grands lecteurs de poésie. Et qui ne voit, d'autre part, que cette simplicité affichée est un leurre destiné à tromper la censure, à parler bas en attirant l'attention sur des transparences, pour dissimuler et masquer des allusions cryptées à la situation contemporaine ? Une anecdote concernant la publication du poème symbole d'Éluard, « Liberté », l'illustre. Le texte avait d'abord été conçu comme un poème à la gloire de Nusch, la femme aimée. Ce n'est qu'à la fin qu'Éluard inscrivit le mot qui lui donne son sens « militant », et l'on raconte que l'employé de la censure, ne le lisant pas jusqu'au bout, tomba dans le piège et n'y vit qu'un poème d'amour, ce qui explique qu'il pût être publié.

Certains s'étonnent aussi qu'une grande partie de la veine poétique d'Aragon en temps de guerre se rattache à la poésie courtoise du Moyen Âge. Ils y voient une fuite impardonnable. Il est facile au contraire de comprendre que ce n'est qu'un détour, ou pour mieux dire une métaphore, pour parler du scandale de la France occupée, dépossédée d'elle-même. *Brocéliande,* par exemple, recueil paru en 1942, affirme la continuité spirituelle et poétique qui va des légendes celtes, d'inspiration historique et magique, aux poèmes de la France en guerre. Quoi de mieux qu'un retour aux sources du patrimoine poétique français, pour dire que la Résistance est d'abord intellectuelle, culturelle, spirituelle ?

2.

Une poésie de circonstance

1. *Des poèmes datés ?*

Cette expression, « poésie de circonstance », a souvent un sens péjoratif quand elle désigne des pièces de vers confectionnées sur commande pour célébrer assez platement un événement. Or cette pratique, ancienne, a fourni des œuvres prestigieuses, et il est très clair que la poésie engagée relève de cette inspiration : *Les Tragiques* d'Agrippa d'Aubigné et *Les Châtiments* de Victor Hugo, par exemple, sont des poèmes de circonstance, puisque ce sont bien les circonstances, politiques et historiques, qui les ont fait naître. Or ce qu'on reproche à ce type de poèmes, c'est leur aspect daté, conjoncturel. On suggère qu'une fois évanouies les circonstances qui les ont vus naître, les poèmes eux aussi retourneront à la poussière. Et c'est bien ce que prétendent quelques commentateurs quand ils sous-entendent que la poésie d'Éluard, pendant la Seconde Guerre mondiale, est « de moins bonne qualité » que sa poésie amoureuse de l'époque surréaliste, qu'Aragon s'est fourvoyé dans des refrains chantant un patriotisme certes inattaquable, mais un peu simpliste... Mais Éluard et Aragon s'insurgent contre cette conception hiérarchique des différents genres poétiques et ils revendiquent, au contraire, la poésie de circonstance, dans la lignée de figures tutélaires incontestables, notamment Goethe :

> Or nous vivons à une époque où règne cette étrange conception humaine que la poésie n'est pas de circonstance quoi qu'en ait dit Goethe ; que la poésie commence où la circonstance se perd, et que plus on comprend un poème et moins il est poétique. Que la poésie à être expliquée perd son caractère poétique. Et caetera.
>
> (Louis Aragon, «Les poissons noirs», préface au *Musée Grévin*)

2. *Dans la lignée de la poésie épique*

Ceux qui refusent de faire de la poésie à partir du réel, ceux-là sont les « jongleurs » qu'Aragon critique sévèrement. Le poète montre aussi le paradoxe qu'il y a à méjuger la poésie de circonstance, alors que toute poésie épique se rattache à cette veine. Ainsi, pour défendre la valeur poétique de son livre, Aragon le rattache à la grande veine épique :

> Que ce sont les circonstances qui font l'épique de la poésie implique évidemment que l'épopée est toujours poésie de circonstance. Ce qui n'est peut-être pas fort original à dire, mais qui souligne une étrangeté : l'épopée, dans le langage courant, est une forme *noble* de la poésie, alors que *poésie de circonstance* est une expression qui se dit avec un certain dédain, une excuse pour des vers de genre inférieur. [...] C'est pourquoi quand les circonstances président au renouveau du sens national, et tel fut le cas des années quarante de ce siècle, [...] on voit réapparaître le sens épique, la poésie épique jusque chez les poètes que les amateurs et les gens de goût entendaient confiner à l'élégie, comme Paul Éluard.
>
> («Les poissons noirs»)

Contre les tenants d'une poésie «pure», détachée du réel, Aragon et Éluard revendiquent le droit à une poésie partiale, polémique, violemment «engagée» dans l'événement, une poésie qui élève la circonstance historique au rang de mythe ou de légende. Comme le dit encore Aragon :

> Refuser la poésie de circonstance, c'est refuser aux poètes le droit à l'existence, [...] c'est leur refuser l'honneur des poètes qui est d'être des hommes.

3. *Des valeurs atemporelles*

Enfin, pour tous ces poètes, de Goethe à Éluard, la poésie qui s'enracine ainsi dans l'actualité n'est pas incompatible avec une poésie éternelle.

Et d'ailleurs, ne peut-on pas dire que ces poètes ont réussi leur entreprise, dans la mesure où on lit encore ces poèmes de résistance, alors que les conditions qui les ont fait naître ont depuis longtemps disparu ? Si l'on en croyait leurs détracteurs, cette poésie devrait être aujourd'hui obsolète. Or, si visiblement il n'en est rien, c'est peut-être parce que, au-delà du témoignage historique de ceux qui ont eu le courage de choisir le « bon camp », le lecteur d'aujourd'hui est sensible à des valeurs universelles, c'est qu'il sent qu'il y a, dans cette prise de position, quelque chose d'atemporel qui nous touchera toujours, une image du poète, chantre de l'Humanité, qui reste vraie, au-delà des circonstances accidentelles de l'époque.

3.

Du lyrisme individuel au lyrisme collectif

1. *Une transition sans hiatus*

Ce qui a particulièrement étonné certains commentateurs, c'est l'aptitude d'Aragon, et plus encore d'Éluard, à passer d'une poésie lyrique à la poésie engagée. Mais là encore, pour nos auteurs, il n'y a pas de hiatus, les deux aspirations sont cohérentes, voire inséparables. Et d'ailleurs ce n'est pas la guerre qui a causé chez eux ce relais d'inspiration. Pour Éluard, la transition était consciente d'elle-même dès 1936, sous le concept d'« évidence poétique » :

> Le temps est venu où tous les poètes ont le droit et le devoir de soutenir qu'ils sont profondément enfoncés dans la vie des autres hommes, dans la vie commune.
>
> (*Donner à voir*)

Désormais, pour lui, il ne peut plus être seulement question de dire et de partager la singularité d'une expérience amoureuse consubstantielle à la poésie : il s'agit dorénavant de dire la nécessité d'un engagement dans le monde et dans l'Histoire. Dans ses vers coexistent donc à partir de là la poussée lyrique exaltant la communion de couple et la proclamation d'un engagement, au service d'une large communion humaine. Dans l'un des *Sept poèmes d'amour en guerre*, le poète dit ainsi, explicitant le lien causal :

> Et parce que nous nous aimons,
> Nous voulons libérer les autres
> De leur solitude glacée

Éluard a toujours raconté que « Liberté » était d'abord un poème d'amour, mais qu'au fur et à mesure que la litanie s'élargissait, il avait pris conscience que ce poème ne concernait pas seulement son chant d'amour singulier, à la gloire de Nusch, mais tous les hommes du monde qui étaient alors en proie à la servitude.

C'est d'abord le surréalisme qui a appris à Éluard et Aragon que le poète ne pouvait plus s'enfermer dans une tour d'ivoire, qu'il était nécessaire de le réintégrer au monde réel, qu'il redevienne, selon les mots d'Éluard, « un homme parmi les hommes ». Ainsi, la période de la Seconde Guerre mondiale n'est pas vraiment une rupture, elle affirme la parfaite unité de leur combat et de leur poésie.

2. *Définir les missions de la poésie*

Tout en restant totalement poètes, ils vont aller au bout de leur engagement et la guerre est pour eux l'occasion de réfléchir sur le sens et sur les missions de la poésie. Au cœur de la poésie d'Éluard, il y a un «Je» universel. Les poèmes de guerre sont souvent transparents, ils chantent les victimes, lancent l'anathème contre les bourreaux, promettent le triomphe des innocents et le châtiment des coupables. La poésie se fait d'autant plus simple, plus claire, que le poète se veut le porte-parole de ceux qui souffrent et qui sont bâillonnés, celui qui assure le passage «de l'horizon d'un homme à l'horizon de tous», pour reprendre le titre du poème qui ouvre le recueil *Poèmes politiques* (1948). Cette théorie n'est pas nouvelle dans la littérature, c'était déjà celle de Charles Baudelaire, cité par Aragon dans sa préface aux *Poèmes politiques* d'Éluard :

> C'est une grande destinée que celle de la poésie ! Joyeuse ou lamentable, elle porte toujours en soi le divin caractère utopique. Elle contredit sans cesse le fait, à peine de ne plus être. Dans le cachot, elle se fait révolte ; à la fenêtre de l'hôpital, elle est ardente espérance de guérison ; dans la mansarde déchirée et malpropre, elle se pare comme une fée de luxe et d'élégance ; non seulement elle constate, mais elle répare. Pourtant elle se fait négation de l'iniquité. Va donc à l'avenir en chantant, poète providentiel, tes chants sont le décalque des espérances et des convictions populaires !

Dans la poésie d'Aragon, si le résultat produit est sensiblement différent, on peut observer le même principe à l'œuvre. Il y une solidarité indissoluble entre le lyrisme amoureux et celui de l'engagement, ce que dit assez un recueil comme *Les Yeux d'Elsa* où les trois figures de la femme aimée, de la France et de la poésie sont étroitement entrelacées : l'hymne à l'amour est un hymne à la France, à travers sa poésie. Le poète y prend le visage d'un prophète, médiateur entre le passé et l'avenir, par-delà les souffrances présentes.

D'une façon certes très dissemblable, mais pourtant parallèle, on peut dire que Louis Aragon et Paul Éluard ont tous deux réussi une équation ardue, celle qui consiste à concilier une expérience partagée avec une voix unique, l'éternité avec la circonstance, la souffrance avec l'espoir, la dissimulation avec l'efficacité. Peut-être, à cause de toutes ces contraintes, était-il impossible de créer pour l'occasion un langage poétique vraiment nouveau, ce qu'on ne manqua pas de leur reprocher. En tout cas, ce que cette poésie réussit à établir de profondément nouveau, ce fut une écoute singulière, unique dans l'histoire de la poésie. Le fait même de pouvoir écrire sur cet événement que fut l'Occupation devint une victoire, parce que l'acte poétique fut le seul (avec la Résistance elle-même) à remettre l'homme face à son destin, à rompre la spirale du silence et de la résignation fataliste. Écrire un poème ne résolvait rien, évidemment, mais cela constituait une réponse à l'événement, alors que l'événement lui-même voulait étouffer en chacun toute velléité de réponse.

Groupement de textes thématique

La guerre d'Espagne

ON A CHOISI DE RASSEMBLER dans ce groupement des poèmes traitant tous de la guerre civile espagnole qui opposa entre 1936 et 1939 les troupes républicaines aux partisans du général Franco, et s'acheva par la victoire de ces derniers. D'abord parce que les écrivains français s'engagèrent aussi dans ce combat, certains par leurs œuvres, comme Éluard et Aragon, d'autres physiquement, comme André Malraux qui en témoigna ensuite dans *L'Espoir*. Ensuite, parce que cette guerre d'Espagne apparut souvent comme une « répétition générale » de la Seconde Guerre mondiale, et que l'engagement des intellectuels espagnols et étrangers ressemble à une « Résistance » avant l'heure. Une formidable explosion poétique accompagna les combats de la guerre civile, tout comme, quelques années plus tard, ceux de la Résistance contre l'occupant nazi. Le point commun formel de tous ces poèmes engagés, c'est qu'ils prennent la forme du *romancero*, poème à la fois narratif et lyrique qui est comme un journal improvisé, saisi sur le vif, de « choses vues » et dont la préoccupation principale est un but didactique et propagandiste.

Federico GARCÍA LORCA (1898-1936)

« Romance de la Garde civile espagnole »

Romancero gitan (1928)

(Trad. de l'espagnol par André Belamich, « Poésie/Gallimard »)

Federico García Lorca est une figure essentielle de la littérature espagnole du XXᵉ siècle. Depuis l'avènement de la république en 1931, il œuvre pour que la culture soit largement diffusée, notamment auprès des populations rurales. Ainsi, il crée et anime un théâtre universitaire populaire itinérant, « La Barraca », où il monte à la fois ses propres pièces et les pièces du répertoire classique. Fusillé par les troupes franquistes dans les premiers jours de la guerre civile, il en est devenu l'un des martyrs.

Romance de la Garde civile espagnole

À Juan Guerrero,
Consul général de la Poésie.

Ils montent de noirs chevaux
dont les ferrures sont noires.
Des taches d'encre et de cire
luisent le long de leurs capes.
S'ils ne pleurent, c'est qu'ils ont
du plomb au lieu de cervelle
et une âme en cuir vernis.
Par la chaussée ils s'en viennent.
Groupe bossu et nocturne,
sur le passage ils font naître
d'obscurs silences de gomme
et des peurs de sable fin.
Ils vont par où bon leur semble,
cachant au creux de leur tête
une vague astronomie de pistolets irréels.

Ô la ville de gitans!
Aux coins des rues, des bannières.
La lune et la calebasse
et la cerise en conserve.
Ô la ville des gitans,
qui jamais peut t'oublier?
Ville de douceur musquée
avec tes tours de cannelle.

Comme descendait la nuit,
la nuit la nuit tout entière,
les gitans à leurs enclumes
forgeaient flèches et soleils.
Un cheval ensanglanté
frappait aux portes muettes.
Des coqs de verre chantaient
à Jerez de la Frontière.
À l'angle de la surprise
le vent nu tourne soudain
dans la nuit d'argent de nuit,
la nuit la nuit tout entière.

La Vierge et saint Joseph
ont perdu leurs castagnettes.
Ils vont prier les gitans
de se mettre à leur recherche.
La Vierge avance habillée
d'un costume d'alcadesse
en papier de chocolat
et colliers d'amandes vertes.
Saint Joseph remue les bras
sous sa coupe de satin.
Vient après Pedro Domecq
avec trois sultans de Perse.
La demi-lune songeait
dans une extase d'aigrette.
Les terrasses s'emplissaient
d'étendards et de lanternes.
Et des danseuses sans hanches
à leurs miroirs sanglotaient.

L'eau et l'ombre, l'ombre et l'eau
à Jerez de la Frontière.

Ô la ville des gitans!
Aux coins des rues, des bannières.
Voici la Garde civile.
Éteins tes vertes lumières.
Ô la ville des gitans,
Qui jamais peut t'oublier?
Laissez-la loin de la mer
avec ses cheveux sans peigne.

Ils avancent deux par deux
vers la ville de la fête.
Une rumeur d'immortelles
envahit les cartouchières.
Ils avancent deux par deux.
Double nocturne de fond.
Le ciel pour leur fantaisie
n'est qu'un bazar d'éperons.

La ville multipliait
ses portes, libre de crainte.
Quarante gardes civils
pour la piller y pénétrèrent.
Les horloges s'arrêtèrent
et le cognac des bouteilles
se camoufla en novembre
pour que nul ne le suspecte.
Une volée de longs cris
s'éleva des girouettes.
Le sabres fendent les brises
que les lourds sabots renversent.
Par des chemins de pénombre
s'enfuient les gitanes vieilles
avec leurs chevaux dormants
et leurs jarres de piécettes.
Au haut des rues escarpées
grimpent les cages funèbres,
faisant reluire fugaces
des moulinets derrière elles.

Les gitans se réfugient
au portail de Bethléem.
Saint Joseph, couvert de plaies ;
enterre une jouvencelle.
Des fusils perçants résonnent,
toute la nuit, obstinés.
La Vierge applique aux enfants
de la salive d'étoiles.
Pourtant la Garde civile
avance en semant des flammes
dans lesquelles, jeune et nue,
l'imagination s'embrase.
Rosa, fille des Camborios,
gémit, assise à sa porte,
devant ses deux seins coupés
et posés sur un plateau.
Et d'autres filles couraient,
poursuivies par leurs tresses,
dans un air ou éclataient
des roses de poudre noire.
Lorsque toutes les terrasses
furent des sillons en terre,
l'aube ondula les épaules
en un long profil de pierre.

Ô la ville des gitans !
Les gardes civils se perdent
dans un tunnel de silence
tandis que les feux t'encerclent.

Ô la ville des gitans !
Comment perdre ta mémoire ?
Qu'on te cherche dans mon front.
Jeu de lune, jeu de sable.

Antonio MACHADO (1875-1939)
Champs de Castille, VII (1936)
(Trad. de l'espagnol de Sylvie Léger
et Bernard Sesé, « Poésie/Gallimard »)

Antonio Machado est la figure exemplaire de ce qu'on nomme en Espagne « la génération de 1898 », en référence à la perte, par l'Espagne, de sa dernière colonie américaine : Cuba. Machado crut toujours au rôle positif des intellectuels dans la vie politique. En 1936, quand la guerre éclata, il choisit sans hésitation le camp des républicains. Il mourut en France, à Collioure, où il avait suivi les troupes vaincues.

Une main odieuse a tracé, mon Espagne,
— vaste lyre, vers la mer, entre deux mers —,
des zones de guerre, des crêtes militaires,
sur les plaines, les collines, les coteaux et les monts.

Les mânes de la haine et de la lâcheté
coupent le bois de tes chênaies,
foulent les baies dorées dans tes pressoirs,
moulent le grain de ton terroir.

— De nouveau — de nouveau ! — oh ! triste Espagne !
tout ce qu'emplit le vent et que baigne la mer
jouet de trahison, tout ce qu'enferment

les temples de Dieu est souillé par l'oubli,
tout ce que change en or le sein de la terre
s'offre à l'ambition ! Tout est vendu !

Pablo NERUDA (1904-1973)
« Madrid 1936 »
L'Espagne au cœur (1938)
(Trad. de l'espagnol par Claude Couffon, Denoël)

Poète chilien, Pablo Neruda est consul à Madrid en 1934 et dirige une revue poétique quand la guerre civile éclate. Il est révoqué par son gouvernement car il soutient les républicains, et rejoint Paris en 1937, où il organise un congrès des écrivains qui se tiendra à Madrid la même année. Il est renvoyé comme consul en Espagne par un nouveau gouvernement chilien de Front populaire et organise l'exode et l'asile au Chili des républicains espagnols, fuyant leur pays à la fin de la guerre.

Madrid 1936

Madrid solitaire et solennel, Juillet t'a surpris dans ta joie
de ruche pauvre : claire était la rue
et clair aussi ton rêve.

    Un hoquet noir
de généraux, une vague
de soutanes rageuses
a brisé entre tes genoux
ses eaux fangeuses, ses rivières de crachats.

Avec tes yeux que le sommeil blessait encore,
avec un fusil et des pierres, Madrid, frais blessé,
tu t'es défendu. Tu courais
dans les rues
laissant ton sang précieux couler comme un sillage,
allant, rassemblant d'une voix d'océan,
le visage à jamais transformé par l'éclat
du sang, pareil à une
montagne vengeresse, à une
étoile de couteaux sifflants.

Lorsque dans les casernes ténébreuses, dans les sacristies de la trahison,
ton épée de feu est entrée,
il n'y eut qu'un silence d'aube, il n'y eut, oui,
que ton pas de drapeaux
et une glorieuse goutte de sang dans ton sourire.

Rafael ALBERTI (1902-1999)
« Aux Brigades internationales »
Le poète dans la rue (1931-1939)

(Trad. de l'espagnol par Claude Couffon, Denoël)

Rafael Alberti, peintre et poète espagnol ami de García Lorca, est, dès 1933, un militant du parti communiste espagnol. Pendant la guerre civile, il s'engage sous les couleurs républicaines et devient secrétaire de l'Alliance des intellectuels anti-fascistes. Il voyage à Paris, Berlin, Rome, Moscou et fonde à Madrid une revue de combat, Octubre. *À la même époque, il entre dans la légende en sauvant d'un bombardement les quatre tableaux les plus importants du musée madrilène du Prado, dont* Les Ménines *de Velázquez. À la fin du conflit, il s'exile en France, puis en Argentine à partir de 1940. Il reste en exil (Amérique latine puis Italie) jusqu'en 1977, deux ans après la mort de Franco.*

Aux Brigades internationales

Vous venez de très loin. Mais cet éloignement
qu'est-il pour votre sang, qui chante sans frontières ?
Nécessaire, la mort chaque jour vous appelle,
peu importe la ville ou le champ ou la route.

De ce pays, de celui-là, du grand ou du petit,
de celui dont on voit à peine le ton pâle sur la carte,
avec les racines communes d'un rêve commun,
anonymes — rien d'autre — en parlant vous êtes
   venus.

Vous ne connaissez pas la couleur de ces murs
que votre parole donnée, infranchissable, fortifie.
Ce sol qui vous enterre, vous le défendez, fermes,
à coups de feu avec la mort en tenue de bataille.

Restez : ainsi l'exigent les arbres, les plaines,
les minuscules feux de cette clarté qui ravive

Paul ÉLUARD (1895-1952)
« Novembre 36 »
Cours naturel (1938)
(Le Grand Livre du Mois)

Paul Éluard vient de rencontrer Picasso, et ils passent leurs vacances ensemble, quand l'annonce de la guerre d'Espagne éclate. Le poète, qui rentre d'une tournée dans ce pays qu'il a découvert et aimé, est révolté par le conflit et compose plusieurs poèmes parmi lesquels, outre celui-ci, un texte sur «La Victoire de Guernica» qui tente de dire, avec des mots, ce que Picasso a traduit dans une de ses plus célèbres toiles.

Regardez travailler les bâtisseurs de ruines
Ils sont riches patients ordonnés noirs et bêtes
Mais ils font de leur mieux pour être seuls sur terre.
Ils sont au bord de l'homme et le comblent d'ordures
Ils plient au ras du sol des palais sans cervelle.

On s'habitue à tout
Sauf à ces oiseaux de plomb
Sauf à leur haine de ce qui brille
Sauf à leur céder la place.

Parlez du ciel le ciel se vide
L'automne nous importe peu
Nos maîtres ont tapé du pied
Nous avons oublié l'automne
Et nous oublierons nos maîtres.

Ville en baisse océan fait d'une goutte d'eau sauvée
D'un seul diamant cultivé au grand jour
Madrid ville habituelle à ceux qui ont souffert
De cet épouvantable bien qui nie être en exemple
Qui ont souffert
De la misère indispensable à l'éclat de ce bien.

Que la bouche remonte vers sa vérité
Souffle rare sourire comme une chaîne brisée
Que l'homme délivré de son passé absurde
Dresse devant son frère un visage semblable
Et donne à la raison des ailes vagabondes.

Jules SUPERVIELLE (1884-1960)
« Des deux côtés des Pyrénées »
1939-1945 (1946)
(Gallimard)

Supervielle a grandi entre la France, d'où ses parents sont originaires, et l'Uruguay, qu'ils ont rejoint pour y fonder une banque. Son bilinguisme le rend particulièrement sensible au conflit espagnol. Il s'engage ici clairement en faveur des républicains. Par la suite, il est en Uruguay quand éclate la Seconde Guerre mondiale, il y reste jusqu'en 1946 et collabore régulièrement aux revues de la France libre. Ce poème a paru dans la NRF *de juillet 1939, il fut ensuite repris dans la section «Poèmes de la France malheureuse» du recueil intitulé* 1939-1945.

    Un son plus triste de guitare
    Que s'il venait des doigts d'un mort
    A traversé l'Andalousie
    Et s'achemine vers le nord.
    C'est une musique transie
    Mais qui cherche à se faire entendre
    Et se voudrait encore tendre
    Quand c'est un râle au fond du sort.

Espagne, est-ce bien toi dans ces fusils qui brillent,
Est-ce ainsi que l'on meurt, par paquets inégaux,
Que vont dire tes saints de pierre et tes taureaux ?
Pour se tirer dessus ce grand air de famille...
Et de tous les côtés l'on ne voit que des frères,
Mêmes sourcils, épais et visages austères,
Mille âmes mélangées à du sang tout pareil
Où s'enlise et grésille un unique soleil.

Les loups des temps passés s'en viennent aux nouvelles,
Mal réveillés, terreux, courbattus par la mort,
Ils s'avancent cherchant partout d'étranges gages,
Mais tant de mort d'un coup vite les décourage,
Ils regagnent, boitant de l'os, leurs souterrains,
Confus de ce carnage où la faim n'est pour rien.

Et vous arbres de France, encore dépouillés,
Que sera-t-il de nous quand vous aurez des feuilles,
Vous tenez guerre et paix serrés entre vos branches
Dans votre grand secret, grave de conséquences.
Qu'allez-vous laisser choir d'entre vos clairs bourgeons,
Tout est encore en paix, l'homme avec ses sillons,
Les terres de labour, les charrois agricoles,
Mais la guerre déjà tâte nos cœurs dans l'ombre.

> Un espoir trouble nous surveille,
> Toujours prêt à nous décevoir,
> Il nous parle bas à l'oreille
> Mais du ton de quelqu'un qui ment.
> Lorsque parfois un peu de jour
> Vient donner forme à nos ténèbres
> Elles sont d'autant plus funèbres
> Que l'on en voit mieux le contour.

Europe, qu'as-tu fais de tes belles montagnes,
L'altitude avilie affronte mal le ciel,
Et nous voyons ramper les courantes campagnes
Comme des chiens voleurs qui demandent pitié.
Il était une fois des garçons et des filles
Offrant leur confiance aux profondeurs du soir,
Des bêtes douces se poussaient sentant l'Avril
Dans l'air mouillé de nuit, chemin de l'abreuvoir.
Ah! l'on ne peut plus rien regarder sans rougir,
Un temps tyrannisé pourrit l'herbe à nos pieds,
On nous a tout changé, la campagne, la ville,
Et nous sommes perdus parmi nos familiers.

Louis ARAGON (1897-1982)
« Santa Espina »
Le Crève-cœur (1940)
(« Poésie/Gallimard »)

Il est particulièrement intéressant de voir que la réaction d'Aragon face à la guerre d'Espagne est tardive, puisque ce poème fut écrit après la majorité des poèmes traitant ce sujet et, en tout état de cause, après la défaite des républicains espagnols. Ce n'est donc pas un poème d'actualité ou de « circonstance ». La distance, le recueil et la date de publication permettent de penser qu'Aragon ne songe pas seulement au conflit espagnol dans ces vers : c'est aussi sans doute une métaphore de la Seconde Guerre mondiale.

Écrit en mars 1940, ce poème resta inédit jusqu'en avril 1941, l'offensive hitlérienne de mai 1940 ayant empêché de le publier en revue.

Santa Espina

Je me souviens d'un air qu'on ne pouvait entendre
Sans que le cœur battît et le sang fût en feu
Sans que le feu reprît comme un cœur sous la cendre
Et l'on savait enfin pourquoi le ciel est bleu

Je me souviens d'un air pareil à l'air du large
D'un air pareil au cri des oiseaux migrateurs
Un air dont le sanglot semble porter en marge
La revanche de sel des mers sur leurs dompteurs

Je me souviens d'un air que l'on sifflait dans l'ombre
Dans les temps sans soleil ni chevaliers errants
Quand l'enfance pleurait et dans les catacombes
Rêvait un peuple pur à la mort de tyrans

Il portait dans son nom les épines sacrées
Qui font au front d'un dieu ses larmes de couleur
Et le chant dans la chair comme une barque ancrée
Ravivait sa blessure et rouvrait sa douleur

Personne n'eût osé lui donner des paroles
À cet air fredonnant tous les mots interdits
Univers ravagé d'anciennes véroles
Il était ton espoir et les quatre jeudis

Je cherche vainement ses phrases déchirantes
Mais la terre n'a plus que des pleurs d'opéra
Il manque au souvenir de ses eaux murmurantes
L'appel de source en source au soir des ténoras

Ô Sainte Épine ô Sainte Épine recommence
On t'écoutait debout jadis t'en souviens-tu
Qui saurait aujourd'hui rénover ta romance
Rendre la voix aux bois chanteurs qui se sont tus

Je veux croire qu'il est encore des musiques
Au cœur mystérieux du pays que voilà
Les muets parleront et les paralytiques
Marcheront un beau jour au son de la cobla

Et l'on verra tomber du front du Fils de l'Homme
La couronne de sang symbole du malheur
Et l'Homme chantera tout haut cette fois comme
Si la vie était belle et l'aubépine en fleurs.

Groupement de textes stylistique

Engagement en prose

NOUS AVONS DÉJÀ EU L'OCCASION de dire que l'engagement n'était pas spécifique à la poésie et que de grands textes en prose ont sinon ouvert la voie, du moins accompagné la définition de cette posture politique, morale et philosophique qui consiste à s'intéresser aux débats contemporains, au point de faire de ses écrits, théoriques, journalistiques ou fictionnels, une tribune pour exposer son opinion et ses idées. Comme il ne s'agit pas de poèmes, ces textes sont par nature fort différents de ceux que l'anthologie a proposés, nécessairement plus explicites, plus référentiels dans leur développement, plus directs dans leur argumentaire. On trouvera dans les pages suivantes deux articles de presse, ou plus exactement deux tribunes parues dans la presse, qui révèlent le rôle essentiel joué par ce média dans la lutte pour les libertés, mais aussi la préface d'un témoignage, un extrait de pamphlet et un essai. C'est dire la diversité de formes que peut revêtir l'engagement. Nous avons aussi voulu faire figurer dans ce groupement un extrait dénonçant violemment l'engagement, pour bien montrer que, malgré la toute-puissance de cette attitude, que l'issue de la guerre semble non seulement valider mais auréoler de gloire, il est néanmoins quelques voix pour s'élever contre. Celle de Benjamin Péret livre ici une réflexion passionnante sur la question.

Émile ZOLA (1840-1902)
« J'accuse » (13 janvier 1898)
(« La bibliothèque Gallimard » n°109)

La tribune qui suit est parue dans L'Aurore, *le 13 janvier 1898. C'est sans doute le texte engagé le plus célèbre de tous les temps, en grande partie parce qu'il inaugure la généralisation de la posture de « l'intellectuel engagé », qui deviendra par la suite la grande figure du XXe siècle, mais aussi grâce à son efficacité : c'est cet article qui fit de l'affaire Dreyfus une affaire publique et qui entraîna la réouverture du procès du capitaine juif injustement condamné. Mais au-delà de l'erreur judiciaire, c'est bien sûr l'idée qu'il se fait de la France qui pousse Zola à prendre sa plume pour une épée.*

Monsieur le Président[1],

Me permettez-vous, dans ma gratitude pour le bienveillant accueil que vous m'avez fait un jour, d'avoir le souci de votre juste gloire et de vous dire que votre étoile, si heureuse jusqu'ici, est menacée de la plus honteuse, de la plus ineffaçable des taches?

Vous êtes sorti sain et sauf des basses calomnies, vous avez conquis les cœurs. Vous apparaissez rayonnant dans l'apothéose de cette fête patriotique que l'alliance russe a été pour la France, et vous vous préparez à présider au solennel triomphe de notre Exposition universelle, qui couronnera notre grand siècle de travail, de vérité et de liberté. Mais quelle tache de boue sur votre nom — j'allais dire sur votre règne — que cette abominable affaire Dreyfus! Un conseil de guerre vient, par ordre, d'oser acquitter un Esterhazy, soufflet suprême à toute vérité, à toute justice. Et c'est

---

1. Il s'agit de Félix Faure, président de la République française de 1895 à 1899.

fini, la France a sur la joue cette souillure, l'histoire écrira que c'est sous votre présidence qu'un tel crime social a pu être commis.

Puisqu'ils ont osé, j'oserai aussi, moi. La vérité, je la dirai, car j'ai promis de la dire, si la justice, régulièrement saisie, ne la faisait pas, pleine et entière. Mon devoir est de parler, je ne veux pas être complice. Mes nuits seraient hantées par le spectre de l'innocent qui expie là-bas, dans la plus affreuse des tortures, un crime qu'il n'a pas commis.

Et c'est à vous, monsieur le Président, que je la crierai, cette vérité, de toute la force de ma révolte d'honnête homme. Pour votre honneur, je suis convaincu que vous l'ignorez. Et à qui donc dénoncerai-je la tourbe malfaisante des vrais coupables, si ce n'est à vous, le premier magistrat du pays ?

[…]

Mais cette lettre est longue, monsieur le Président, et il est temps de conclure.

J'accuse le lieutenant-colonel du Paty de Clam d'avoir été l'ouvrier diabolique de l'erreur judiciaire, en inconscient, je veux le croire, et d'avoir ensuite défendu son œuvre néfaste, depuis trois ans, par les machinations les plus saugrenues et les plus coupables.

J'accuse le général Mercier de s'être rendu complice, tout au moins par faiblesse d'esprit, d'une des plus grandes iniquités du siècle.

J'accuse le général Billot d'avoir eu entre les mains les preuves certaines de l'innocence de Dreyfus et de les avoir étouffées, de s'être rendu coupable de ce crime de lèse humanité et de lèse-justice, dans un but politique et pour sauver l'état-major compromis.

J'accuse le général de Boisdeffre et le général Gonse de s'être rendus complices du même crime, l'un sans doute par passion cléricale, l'autre peut-être par cet esprit de corps qui fait des bureaux de la guerre l'arche sainte, inattaquable.

J'accuse le général de Pellieux et le commandant Ravary d'avoir fait une enquête scélérate, j'entends par là une enquête de la plus monstrueuse partialité, dont nous avons, dans le rapport du second, un impérissable monument de naïve audace.

J'accuse les trois experts en écritures, les sieurs Belhomme, Varinard et Couard, d'avoir fait des rapports mensongers et frauduleux, à moins qu'un examen médical ne les déclare atteints d'une maladie de la vue et du jugement.

J'accuse les bureaux de la guerre d'avoir mené dans la presse, particulièrement dans *L'Éclair* et dans *L'Écho de Paris*, une campagne abominable, pour égarer l'opinion et couvrir leur faute.

J'accuse enfin le premier conseil de guerre d'avoir violé le droit, en condamnant un accusé sur une pièce restée secrète, et j'accuse le second conseil de guerre d'avoir couvert cette illégalité, par ordre, en commettant à son tour le crime juridique d'acquitter sciemment un coupable.

En portant ces accusations, je n'ignore pas que je me mets sous le coup des articles 30 et 31 de la loi sur la presse du 29 juillet 1881, qui punit les délits de diffamation. Et c'est volontairement que je m'expose.

Quant aux gens que j'accuse, je ne les connais pas, je ne les ai jamais vus, je n'ai contre eux ni rancune ni haine. Ils ne sont pour moi que des entités, des esprits de malfaisance sociale. Et l'acte que j'accomplis ici n'est qu'un moyen révolutionnaire pour hâter l'explosion de la vérité et de la justice.

Je n'ai qu'une passion, celle de la lumière, au nom de l'humanité qui a tant souffert et qui a droit au bonheur. Ma protestation enflammée n'est que le cri de mon âme. Qu'on ose donc me traduire en cour d'assises et que l'enquête ait lieu au grand jour !

Albert CAMUS (1913-1960)
« À guerre totale résistance totale »
Combat, n° 55, mars 1944

Camus est le très jeune auteur de L'Étranger, *paru en 1942, qui rencontra un succès immédiat. Il est né et a grandi en Algérie, mais il est à Paris sous l'Occupation, et devient un collaborateur du journal clandestin* Combat, *organe de la Résistance qui paraît dès 1941, mais ne devient libre et quotidien qu'à la libération de Paris, le 24 août 1944. Avant d'être un journal,* Combat *était un mouvement de résistance. Il semble que Camus y soit entré dès 1942, mais il est difficile d'évaluer sa participation au journal clandestin puisque les articles n'étaient pas signés ou l'étaient de pseudonymes. L'article qui suit est cependant attesté.*

On ne ment jamais inutilement. Le mensonge le plus imprudent, pourvu qu'il soit répété assez souvent et assez longtemps, laisse toujours sa trace. C'est un principe que la propagande allemande a pris à son compte et nous avons aujourd'hui encore un exemple de la façon dont elle l'applique. Inspirée par les services de Goebbels, aboyée par la presse des domestiques, mise en scène par la milice, une formidable campagne vient de s'ouvrir qui, sous le couvert d'une lutte contre les patriotes des maquis et de la Résistance, vise à diviser une fois de plus les Français. On a dit aux Français : « Nous tuons et nous détruisons des bandits qui vous tueraient si nous n'étions pas là. Vous n'avez rien de commun avec eux. »

Mais si le mensonge, tiré à des millions d'exemplaires, garde un certain pouvoir, il suffit du moins que la vérité soit dite pour que le mensonge recule. Et la vérité la voici : c'est que les Français ont tout en commun avec ceux qu'on veut aujourd'hui leur apprendre à craindre et à mépriser. Il n'y a pas deux France, l'une qui combat et l'autre qui juge le combat. Car quand bien même certains voudraient rester dans la position confortable du juge, cela n'est pas possible. Vous ne pouvez pas dire « Cela ne me concerne pas ». Car cela vous concerne. La vérité est qu'aujourd'hui l'Allemagne n'a pas seulement déclenché une offensive contre les meilleurs et les plus fiers de nos compatriotes, elle continue aussi la guerre totale contre la totalité de la France, totalement offerte à ses coups.

Ne dites pas « Cela ne me concerne pas. Je vis à la campagne, et la fin de la guerre me trouvera dans la paix où j'étais déjà au début de la tragédie ». Car cela vous concerne. Écoutez plutôt. Le 29 janvier, à Malleval, dans l'Isère, tout un village, sur le seul soupçon que des réfractaires avaient pu s'y réfugier, a été incendié par les Allemands. 12 maisons ont été complètement détruites, 11 cadavres découverts, une quinzaine d'hommes arrêtés. Le 18 décembre en Corrèze, à Chaveroche, à 5 km d'Ussel, un officier allemand ayant été blessé dans des conditions obscures, 5 otages ont été fusillés sur place et 2 fermes incendiées. Le 4 février à Grole, dans l'Ain, les Allemands, n'ayant pas trouvé les réfractaires qu'ils recherchaient, ont fusillé le maire et deux notables.

Voici donc des morts français que « cela ne concernait pas ». Mais les Allemands ont décidé que cela les concernait et de ce jour ils ont fait la preuve que cela nous concernait tous. Ne dites pas : « Cela ne me concerne pas ; je suis chez moi avec ma famille, j'écoute tous les soirs la radio et je lis mon journal. » Car on viendra vous chercher sous le prétexte qu'un autre homme, à l'autre bout de la France, n'a pas voulu partir. On prendra votre fils que cela non plus ne concerne pas et on mobilisera votre femme qui croyait jusqu'ici qu'il s'agissait d'une affaire d'hommes. En vérité cela vous concerne et cela nous concerne tous. Car tous les Français aujourd'hui sont liés par l'ennemi dans de tels liens que le geste de l'un crée l'élan de tous les autres et que la distraction ou l'indifférence d'un seul fait la mort de dix autres.

Ne dites pas : « Je sympathise cela suffit bien, et le reste ne me concerne pas. » Car vous serez tué, déporté ou torturé aussi bien comme sympathisant que comme militant. Agissez, vous ne risquerez pas plus et vous aurez au moins ce cœur tranquille que les meilleurs des nôtres emportent jusque dans les prisons.

La France ainsi ne sera pas divisée. L'effort de l'ennemi est en réalité de faire hésiter les Français devant ce devoir national qui est la résistance au STO et l'appui des maquis. Il y réussirait si la vérité ne se dressait pas devant lui. Et la vérité, c'est que l'action conjuguée des assassins de la Milice et des tueurs de la Gestapo n'a eu que des résultats dérisoires. Des centaines de milliers de réfractaires résistent encore, luttent et espèrent. Ce n'est pas quelques arrestations qui changeront cela. Et c'est cela que doivent comprendre les 125 000 jeunes gens que l'ennemi se propose de déporter tous les mois. Car ils sont tous visés par la même arme et les classes de 44 et les classes de 45 que l'ennemi appelle avec une belle franchise « un réservoir de main-d'œuvre » donnent l'exemple de cette France que l'Allemagne unit dans la même haine.

La guerre totale est déclenchée et elle demande la résistance totale. Vous devez résister car cela vous concerne et il n'y a pas deux France. Et les sabotages, les grèves, les manifestations organisés avec la France tout entière sont les seules façons de répondre à cette guerre. C'est cela que nous attendons de vous. À l'action dans les villes pour répondre à l'attaque des campagnes. À l'action dans les usines. À l'action sur les voies de communication de l'ennemi. À l'action contre la Milice : tout milicien est un assassin possible.

Il n'y a qu'un seul combat et si vous ne le rejoignez pas, notre ennemi vous démontrera tous les jours qu'il est pourtant le vôtre. Prenez-y votre place car si le sort de tout ce que vous aimez et respectez vous concerne, alors encore une fois, n'en doutez pas, ce combat vous concerne. Dites-vous seulement que nous y apporterons tous ensemble cette grande force des opprimés qui est la solidarité dans la souffrance. C'est cette force qui à son tour tuera le mensonge et notre espoir commun est qu'elle gardera alors assez d'élan pour animer une nouvelle vérité et une nouvelle France.

Benjamin PÉRET (1899-1959)
Le Déshonneur des poètes (1945)
(Pauvert)

Ce poète participa dès l'origine à l'aventure surréaliste, manifestant une inspiration débridée, écrivant des textes où l'humour se mêle au goût du scandale. Proche de Trotski, c'est un homme de combats qui prend violement parti contre Franco, contre le cléricalisme et le militarisme. Réfugié au Mexique pendant la Seconde Guerre mondiale, il y fait paraître Le Déshonneur des poètes, *où il s'en prend nommément à ses anciens compagnons surréalistes, au premier rang desquels Aragon et Éluard, qui a collaboré sous un pseudonyme à une anthologie clandestine parue en juillet 1943 aux Éditions de Minuit,* L'Honneur des poètes. *Il leur reproche de dénaturer la poésie en l'asservissant à une cause politique, quelque juste que cette cause puisse être.*

Apollinaire avait voulu considérer la guerre comme un sujet poétique. Mais si la guerre, en tant que combat et dégagée de tout esprit nationaliste, peut à la rigueur demeurer un sujet poétique, il n'en est pas de même d'un mot d'ordre nationaliste, la nation en question fût-elle, comme la France, sauvagement opprimée par les nazis. L'expulsion de l'oppresseur et la propagande en ce sens sont du ressort de l'action politique, sociale ou militaire, selon qu'on envisage cette expulsion d'une manière ou d'une autre. En tout cas, la poésie n'a pas à intervenir dans le débat autrement que par son action propre, par sa signification culturelle même, quitte aux poètes à participer en tant que révolutionnaires à la déroute de l'adversaire nazi par des méthodes révolutionnaires, sans jamais oublier que cette oppression correspondait au vœu, avoué ou non, de tous les ennemis — nationaux d'abord, étrangers ensuite — de la poésie comprise comme libération totale de l'esprit humain car, pour paraphraser Marx, la poésie n'a pas de patrie puisqu'elle est de tous les temps et de tous les lieux.

Il y aurait encore beaucoup à dire de la liberté si souvent évoquée dans ces pages. D'abord, de quelle liberté s'agit-il ? De la liberté pour un petit nombre de pressurer l'ensemble de la population ou de la liberté pour cette population de mettre à la raison ce petit nombre de privilégiés ? De la liberté pour les croyants d'imposer leur dieu et leur morale à la société tout entière ou de la liberté pour cette société de rejeter Dieu, sa philosophie et sa morale ? La liberté est comme « un appel d'air », disait André Breton, et, pour remplir son rôle, cet appel d'air doit d'abord emporter tous les miasmes du passé qui infestent cette brochure. Tant que les fantômes malveillants de la religion et de la patrie heurteront l'aire sociale et intellectuelle sous quelque déguisement qu'ils empruntent, aucune liberté ne sera concevable : leur expulsion préalable est une des conditions capitales de l'avènement de la liberté. Tout « poème » qui exalte une « liberté » volontairement indéfinie, quand elle n'est pas décorée d'attributs religieux ou nationalistes, cesse d'abord d'être un poème et, par suite, constitue un obstacle à la libération totale de l'homme, car il le trompe en lui montrant une « liberté » qui dissimule de nouvelles chaînes. Par contre, de tout poème authentique s'échappe un souffle de liberté entière et agissante, même si cette liberté n'est pas évoquée sous son aspect politique ou social, et, par là, contribue à la libération effective de l'homme.

Primo LEVI (1919-1987)
Si c'est un homme (1947)
(Trad. de l'italien par Martine Schruoffeneger, Julliard)

Primo Levi est un juif italien qui fut déporté à Auschwitz en 1944. Il relate, dans Si c'est un homme, *son expérience vécue dans les camps d'extermination. Le texte qui suit est la préface de l'ouvrage, paru en 1947. Elle justifie le témoignage par des impératifs personnels (écrire pour se libérer) autant que collectifs (écrire pour étudier, écrire pour se souvenir et éviter que l'histoire ne se répète).*

J'ai eu la chance de n'être déporté à Auschwitz qu'en 1944, alors que le gouvernement allemand, en raison de la pénurie croissante de main-d'œuvre, avait déjà décidé d'allonger la moyenne de vie des prisonniers à éliminer, améliorant sensiblement leurs conditions de vie et suspendant provisoirement les exécutions arbitraires individuelles.

Aussi, en fait de détails atroces, mon livre n'ajoutera-t-il rien à ce que les lecteurs du monde entier savent déjà sur l'inquiétante question des camps d'extermination. Je ne l'ai pas écrit dans le but d'avancer de nouveaux chefs d'accusation, mais plutôt pour fournir des documents à une étude dépassionnée de certains aspects de l'âme humaine. Beaucoup d'entre nous, individus ou peuples, sont à la merci de cette idée, consciente ou inconsciente, que « l'étranger, c'est l'ennemi ». Le plus souvent cette conviction sommeille dans les esprits, comme une infection latente ; elle ne se manifeste que par des actes isolés, sans lien entre eux, elle ne fonde pas un système. Mais lorsque cela se produit, lorsque le dogme informulé est promu au rang de prémisse majeure d'un syllogisme, alors, au bout de la chaîne logique, il y a le Lager[1] ; c'est-à-dire le produit d'une

---

1. Mot allemand désignant les camps de concentration et d'extermination.

conception du monde poussée à ces plus extrêmes conséquences avec une cohérence rigoureuse ; tant que la conception a cours, les conséquences nous menacent. Puisse l'histoire des camps d'extermination retentir pour tous comme un sinistre signal d'alarme. Je suis conscient des défauts de structure de ce livre, et j'en demande pardon au lecteur. En fait, celui-ci était déjà écrit, sinon en acte, du moins en intention et en pensée dès l'époque du Lager. Le besoin de raconter aux « autres », de faire participer les « autres », avait acquis chez nous, avant comme après notre libération, la violence d'une impulsion immédiate, aussi impérieuse que les autres besoins élémentaires ; c'est pour répondre à un tel besoin que j'ai écrit mon livre ; c'est avant tout en vue d'une libération intérieure. De là son caractère fragmentaire : les chapitres en ont été rédigés non pas selon un déroulement logique, mais par ordre d'urgence. Le travail de liaison, de fusion, selon un plan déterminé, n'est intervenu qu'après.
Il me semble inutile d'ajouter qu'aucun des faits n'y est inventé.

Jean-Paul SARTRE (1905-1980)

Situations II (1948)

(Gallimard)

Jean-Paul Sartre est l'incarnation parfaite de l'intellectuel engagé. Celui qui fut de tous les combats, de l'après-guerre à Mai 68, fixe ici les raisons et les conditions de l'engagement qui, pour lui, est inséparable du métier d'écrivain. Comme il le dit clairement dans Qu'est-ce que la littérature ? *:*
« Écrire c'est une certaine façon de vouloir la liberté ; si vous avez commencé, de gré ou de force vous êtes engagé. »

Puisque l'écrivain n'a aucun moyen de s'évader, nous voulons qu'il embrasse étroitement son époque ; elle est sa chance unique : elle s'est faite pour lui et il est fait pour elle. On regrette l'indifférence de Balzac devant les journées de 48, l'incompréhension apeurée de Flaubert en face de la Commune ; on les regrette pour eux ; il y a là quelque chose qu'ils ont manqué pour toujours. Nous ne voulons rien manquer de notre temps : peut-être en est-il de plus beaux, mais c'est le nôtre ; nous n'avons que cette vie à vivre, au milieu de cette guerre, de cette révolution peut-être. Qu'on n'aille pas conclure de là que nous prêchions une sorte de populisme : c'est tout le contraire. Le populisme est un enfant de vieux, le rejeton des derniers réalistes ; c'est encore un essai pour tirer son épingle du jeu. Nous sommes convaincus, au contraire, qu'on ne peut pas tirer son épingle du jeu. Serions-nous muets et cois comme des cailloux, notre passivité même serait une action. Celui qui consacrerait sa vie à faire des romans sur les Hittites, son abstention serait par elle-même une prise de position. L'écrivain est en situation dans son époque : chaque parole a des retentissements. Chaque silence aussi. Je tiens Flaubert et Goncourt pour responsables de la répression qui suivit la Commune, parce qu'ils n'ont pas écrit une ligne pour l'empêcher. Mais le procès de Calas, était-ce l'affaire de Voltaire ? La condamnation de Dreyfus, était-ce l'affaire de Zola ? L'administration du Congo, était-ce l'affaire de Gide ? Chacun de ces auteurs, en une circonstance particulière de sa vie, a mesuré sa responsabilité d'écrivain. L'Occupation nous a appris la nôtre. Puisque nous agissons sur notre temps par notre existence même, nous décidons que cette action sera volontaire […].

[L'homme] est l'être qui ne peut même voir une situation sans la changer, car son regard fige, détruit ou sculpte ou, comme fait l'éternité, change l'objet en lui-même. C'est à l'amour, à la haine, à la colère, à la crainte, à la joie, à l'indignation, à l'admiration, à l'espoir, au désespoir que l'homme et le monde se révèlent dans leur vérité. Sans doute l'écrivain engagé peut être médiocre, il peut même avoir conscience de l'être, mais comme on ne saurait écrire sans le projet de réussir parfaitement, la modestie avec laquelle il envisage son œuvre ne doit pas le détourner de la construire comme si elle devait avoir le plus grand retentissement. Il ne doit jamais se dire : « Bah, c'est à peine si j'aurai trois mille lecteurs » ; mais : « Qu'arriverait-il si tout le monde lisait ce que j'écris ? » Il se rappelle la phrase de Mosca devant la berline qui emportait Fabrice et Sanseverina : « Si le mot d'Amour vient à surgir entre eux, je suis perdu. » Il sait qu'il est l'homme qui nomme ce qui n'a pas encore été nommé ou ce qui n'ose dire son nom, il sait qu'il fait « surgir » le mot d'amour et le mot de haine et avec eux l'amour et la haine entre les hommes qui n'avaient pas encore décidé de leurs sentiments. Il sait que les mots, comme dit Brice Parain, sont des « pistolets chargés ». S'il parle, il tire. Il peut se taire, mais puisqu'il a choisi de tirer, il faut que ce soit comme un homme, en visant des cibles et non comme un enfant, au hasard, en fermant les yeux et pour le seul plaisir d'entendre les détonations. [...] dès à présent nous pouvons conclure que l'écrivain a choisi de dévoiler le monde et singulièrement l'homme aux autres hommes pour que ceux-ci prennent en face de l'objet ainsi mis à nu leur entière responsabilité. Nul n'est censé ignorer la loi parce qu'il y a un code et que la loi est chose écrite : après cela, libre à vous de l'enfreindre, mais vous savez les risques que vous courez. Pareillement, la fonction de l'écrivain est de faire en sorte que nul ne puisse ignorer le monde et que nul ne puisse s'en dire innocent. Et comme il s'est une fois engagé dans l'univers du langage, il ne peut plus jamais feindre qu'il ne sache pas parler : si vous entrez dans l'univers des significations, il n'y a plus rien à faire pour en sortir ; qu'on laisse les mots s'organiser en liberté, ils feront des phrases et chaque phrase contient le langage tout entier et renvoie à tout l'univers : le silence même se définit par rapport aux mots, comme la pause en musique, reçoit son sens des groupes de notes qui l'entourent. Ce silence est un moment du langage ; se taire, ce n'est pas être muet, c'est refuser de parler, donc parler encore. Si donc un écrivain a choisi de se taire sur un aspect quelconque du monde, ou selon une locution qui dit bien ce qu'elle veut dire, de le passer sous silence, on est en droit de lui poser une troisième question : pourquoi as-tu parlé de ceci plutôt que de cela et — puisque tu parles pour changer — pourquoi veux-tu changer ceci plutôt que cela ?

Tout cela n'empêche point qu'il y ait la manière d'écrire. On n'est pas écrivain pour avoir choisi de dire certaines choses, mais pour avoir choisi de les dire d'une certaine façon. Et le style, bien sûr, fait la valeur de la prose. Mais il doit passer inaperçu. Puisque les mots sont transparents et que le regard les traverse, il serait absurde de glisser parmi eux des vitres dépolies. La beauté n'est ici qu'une force douce et insensible. Sur un tableau, elle éclate d'abord, dans un livre, elle se cache, elle agit par persuasion comme le charme d'une voix ou d'un visage, elle ne contraint pas, elle incline sans qu'on s'en doute et l'on croit céder aux arguments quand on est sollicité par un charme qu'on ne voit pas. L'étiquette de la messe n'est pas la foi, elle y dispose ; l'harmonie des mots, leur beauté, l'équilibre des phrases disposent les passions du lecteur sans qu'il y prenne garde, les ordonnent comme la messe, comme la musique, comme une danse ; s'il vient à les considérer par eux-mêmes, il perd le sens, il ne reste que des balancements ennuyeux. Dans la prose, le plaisir esthétique n'est pur que s'il vient par-dessus le marché. On rougit de rappeler des idées si simples, mais il semble aujourd'hui qu'on les ait oubliées. Viendrait-on sans cela nous dire que nous méditons l'assassinat de la littérature ou, plus simplement, que l'engagement nuit à l'art d'écrire ? Si la condamnation d'une certaine prose par la poésie n'avait brouillé les idées de nos critiques, songeraient-ils à nous attaquer sur la forme quand nous n'avons jamais parlé que du fond ? Sur la forme, il n'y a rien à dire par avance et nous n'avons rien dit : chacun invente la sienne et on juge après-coup. Il est vrai que les sujets proposent le style : mais ils ne le commandent pas ; il n'y en a pas qui se rangent *a priori* en dehors de l'art littéraire. Quoi de plus engagé, de plus ennuyeux que le propos d'attaquer la Société de Jésus ? Pascal en a fait les *Provinciales*. En un mot, il s'agit de savoir de quoi l'on veut écrire : des papillons ou de la condition des Juifs. Et quand on sait, il reste à décider comment on écrira. Souvent les deux choix ne font qu'un, mais jamais, chez les bons auteurs, le second ne précède le premier.

Chronologie

Louis Aragon, Paul Éluard et leur temps

ON A CHOISI DE PRÉSENTER ensemble, dans cette chronologie, deux vies aux destins croisés, dont la mise en perspective nous a semblé riche. En effet, Louis Aragon et Paul Éluard sont les deux grands poètes engagés du XXe siècle, c'est à eux qu'on doit les textes les plus célèbres de cette période tourmentée. D'autre part, ils partagèrent des expériences, furent amis, et même s'il y eut entre eux des périodes de tension, même s'ils connurent des divergences importantes, ils se retrouvèrent toujours sur l'essentiel : la nécessité de prendre la plume, quand la situation l'imposait, pour dénoncer ce que leur être d'homme et de citoyen ne pouvait accepter tacitement. Et où se faire entendre, si ce n'est dans ses propres vers, quand on les sait lus ? Car leur succès, à tous deux, ne s'est jamais démenti.

1.

Enfance et formation

Paul Éluard est l'aîné, de son vrai nom Paul-Eugène Grindel, né le 14 décembre 1895 à Saint-Denis, fils unique d'un petit comptable, devenu agent immobilier prospère, et d'une couturière. Cette ascension sociale rapide lui permit de suivre de bonnes études, jusqu'au brevet, sans jamais oublier ses origines modestes et le socialisme paternel. C'est la maladie, une assez grave tuberculose, qui à dix-sept ans lui fait quitter sa famille pour aller se reposer en Suisse dans un sanatorium où il restera jusqu'en 1914. Ce sont deux années essentielles puisqu'il rencontre là-bas la première femme de sa vie, une jeune Russe, Gala, qu'il épousera en 1917, et qu'il y écrit ses premiers poèmes, publiés à compte d'auteur en 1913. Malgré sa maladie, il est déclaré apte au service et mobilisé comme infirmier. En juin 1916, il se porte volontaire et part sur le front, où il sera blessé. La guerre est pour lui une expérience fondatrice, premier sujet des poèmes publiés en 1917 (*Le Devoir et l'Inquiétude*) sous le nom de sa grand-mère paternelle, Éluard, qui devient son pseudonyme.

Aragon aussi est un pseudonyme, celui d'un bâtard, né en 1897, fils naturel du député Louis Andrieux et d'une jeune fille, Marguerite Toucas, qui se prétendra sa sœur jusqu'à la majorité de l'écrivain (en 1918). Autant dire que le parcours de Louis Aragon se plaça immédiatement sous le signe du mensonge, maître-mot d'une vie où il ne cessa jamais d'avancer masqué, et qu'il revendiqua même comme la clé de son art poétique (le «mentir-vrai»). Très bon élève, bachelier en 1915, immense lecteur, il écrit dès l'âge de sept ou huit ans des romans (ensuite détruits) et des poèmes. On le force à s'inscrire en médecine et il est mobilisé en juin 1917 comme médecin auxiliaire. Son courage lui vaut la croix de guerre, mais ce qui est vraiment décisif dans cette guerre, outre qu'elle signe pour lui, comme pour Éluard, un baptême du feu fondateur, c'est qu'elle scelle une amitié exemplaire, avec André Breton, qui marquera et la vie littéraire du siècle, avec la création du surréalisme, et leur production artistique respective, pour les vingt années qui suivirent.

> 3 août 1914   Début de la Première Guerre mondiale.
> 1915   Guerre des tranchées.
> 1916   Bataille de Verdun.
> 1917   Entrée en guerre des États-Unis ; révolutions russes.
> 11 novembre 1918   Armistice.

2.
L'aventure surréaliste

Et en effet, c'est en mars 1919 que Breton et Aragon fondent avec Philippe Soupault une revue, *Littérature*, à laquelle Éluard collabore dès le numéro 3, en mars 1919. Ce dernier a rencontré Aragon et Breton à la démobilisation et il participe à l'épisode Dada, en 1920-1921, et en particulier à des expériences sur le langage qui préparent l'explosion surréaliste. Aragon, lui, est alors un polygraphe brillant qui cherche sa voie dans cette avant-garde. C'est de l'émulation née entre lui et Breton que naquit, comme il le définit lui-même, le « merveilleux printemps » de l'aventure surréaliste. Le mouvement s'organise entre 1922 et 1924, sans texte doctrinal au départ, mais avec déjà une œuvre de référence, *Les Champs magnétiques*, publiée par Breton et Soupault en 1920, qui se présente comme l'évaluation expérimentale des pouvoirs du langage exercé sans contrôle. Les textes « automatiques » fleurissent, et sur ce terrain d'essai se cristallisera le projet collectif qui aboutit en 1924 au *Manifeste du surréalisme*, bible du mouvement rédigée par Breton. Le mouvement alors créé n'est pas qu'esthétique ou littéraire, il prétend aboutir selon l'expression d'Aragon à « une nouvelle déclaration des droits de l'homme », il se donne comme l'exploration du « fonctionnement réel de la pensée ». C'est dans le cadre du surréalisme qu'Éluard publie ainsi ses meilleurs recueils de l'entre-deux-guerres : *Capitale de la douleur* en 1926 et *L'Amour, la poésie* en 1929. Il participe activement à la vie du mouvement, malgré de fréquents séjours à la montagne ou à la mer, imposés par une santé toujours fragile, et malgré la crise conjugale qui le laisse seul et prostré en 1929, après le départ de Gala.

La production surréaliste d'Aragon est démesurée, d'autant qu'il écrit, en plus des poèmes (*Feu de joie* en 1919, *Le Mouvement perpétuel* en 1926), des romans éblouissants (*Anicet ou le Panorama*, 1921; *Le Paysan de Paris*, 1924-1926), un pastiche de Fénelon (*Les Aventures de Télémaque*, 1922), des nouvelles (*Le Libertinage*, 1924) et même un *Traité du style* (1928). Mais la rupture avec Breton est proche, et c'est la politique qui en sera la cause directe mais non unique. Pendant toutes ces années, en effet, sa vie sentimentale est l'errance bohème d'un dandy amateur de femmes, mais la rencontre d'Elsa Triolet, la belle-sœur de Maïakovski, en novembre 1928, fait prendre un tout autre tour à sa vie amoureuse, politique et littéraire. Plutôt distante à l'égard du groupe surréaliste, Elsa ouvre Aragon à la culture russe, culture de vieille tradition réaliste. Son influence transfigure l'écrivain.

> 1920 Congrès de Tours, création du parti communiste.
> 1922 Mussolini au pouvoir en Italie.
> 1925 Guerre du Maroc; Trotski écarté du pouvoir en URSS.
> 1929 Krach de Wall Street.

3.

Politique et poétique

On l'a vu, la politique est d'emblée partie intégrante du projet surréaliste. Cette réalité politique fait entrer le groupe dans une période de turbulences. En 1926, Aragon, Breton et Éluard ont adhéré ensemble au parti communiste, mais en 1930 Aragon est mandaté par le Parti pour assister au congrès de Kharkov. Il y va pour faire reconnaître le surréalisme comme parti révolutionnaire mais signera finalement un texte qui le condamne comme idéalisme. Le groupe vit l'épisode comme un reniement, la rupture devient inévitable et sera effective, en 1932, avec la publication de « Front rouge », poème qui fera scandale, tiré de *Persécuté persécuteur*. Éluard écrit à ce moment un texte très dur contre Aragon pour stigmatiser ce qu'il considère comme un reniement. Il rompt par là avec le parti communiste, dont il est exclu, avec Breton, en 1933. Pendant ce temps, Aragon en devient le chantre officiel comme le montre le cycle romanesque du « Monde réel » (*Les Cloches de Bâle* en 1934, *Les Beaux Quartiers* en 1936 et *Les Voyageurs de l'impériale* en 1939) tandis que sa production poétique se tarit, après *Hourra l'Oural*, en 1934. À partir de 1933, il se livre également à une intense activité journalistique, de *L'Humanité*, où il commence en bas de l'échelle, par les chiens écrasés, à la revue *Commune* et à *Ce soir,* quotidien qu'il fonde et dirige de 1937 à 1939, date de son interdiction par le gouvernement, après qu'il y a justifié le pacte germano-soviétique.

Pendant les années 1930, Éluard prend lui aussi ses distances avec le groupe surréaliste, mais plus progressivement. C'est la guerre d'Espagne qui pour lui va précipiter les choses. Devenu intime de Pablo Picasso en 1936, il est en vacances avec le peintre quand l'annonce des premiers affrontements leur parvient. Il prend immédiatement ses responsabilités d'écrivain engagé en faisant paraître des poèmes explicites comme « Novembre 1936 » et « La victoire de Guernica », en 1937. À cette occasion, le désaccord avec Breton grandit et Éluard rompt finalement avec le surréalisme en 1938. Les recueils de ces années-là, *Les Yeux fertiles* en 1936, *Les Mains libres* en 1937, *Cours naturel* en 1938, *Chanson complète* et *Donner à voir* en 1939, *Le Livre ouvert I* en 1940, montrent bien que la vision du poète s'est élargie à un humanisme confiant, ce qu'il condense lui-même dans cette formule : « de l'horizon d'un homme à l'horizon de tous ». Pour lui, le poète est un élu, le dépositaire d'une parole qui appartient à tous et doit revenir à tous. À la suite de Lautréamont, Éluard rêve que la poésie soit « faite par tous ». La Seconde Guerre mondiale lui impose des choix ; au printemps 1942, il adhère de nouveau au parti communiste, qu'il ne quittera plus. Sa poésie de combat connut alors une extraordinaire diffusion, lui gagnant un nouveau public. C'est en 1943 qu'il renoua avec Aragon, pour assurer l'unité du Comité national des écrivains (CNE) qu'il animait en zone nord, tandis qu'Aragon le faisait en zone sud. Les deux poètes se retrouvent alors, après un parcours dissonant, sur la même longueur d'onde.

Aragon s'engage très tôt dans la Résistance. Les poèmes du *Crève-cœur*, recueil paru en 1941, furent en fait composés avant et après l'armistice de juin 1940. En septembre 1940, il est approché par Pierre Seghers, qui lui propose de constituer en zone sud un réseau d'intellectuels et de superviser *Poésie 1940*, une revue mensuelle où avait paru en avril un texte théorique très important d'Aragon : « La rime en 1940 ». Il accepte, et met au point la doctrine de la « contrebande », moyen de se faire comprendre du plus grand nombre tout en évitant la censure. Il décide ainsi de faire alterner les publications sous son nom, comme « Les lilas et les roses » paru à la surprise générale dans *Le Figaro* du 21 septembre 1941, et d'autres sous pseudonyme, comme François la Colère pour *Le Musée Grévin* (1943). Sa production est abondante : après *Le Crève-cœur* en 1941, *Les Yeux d'Elsa* et *Brocéliande* en 1942, *La Diane française* en 1945. La guerre change son image auprès du public, il devient le chantre officiel de la France éternelle, celle qui refuse la défaite. Tous ceux qui souffrent de la situation se retrouvent dans ses vers, il est salué comme le plus grand poète de la Résistance.

1931 Proclamation de la République en Espagne.
1933 Hitler accède au pouvoir en Allemagne.
1936 Front populaire en France ; début de la guerre d'Espagne.
1938 Annexion de l'Autriche par Hitler ; accords de Munich.
1939 Victoire de Franco en Espagne ; pacte germano-soviétique ; début de la Seconde Guerre mondiale.

1940	Défaite de la France; gouvernement de Vichy; le général de Gaulle à Londres.
1941	Entrée en guerre de l'URSS et des USA.
1942	Début des déportations; débarquement des Alliés en Afrique du Nord.
1943	Débarquement allié en Sicile, chute de Mussolini.
1944	Débarquement en Normandie; libération de la France.
1945	Armistice, accords de Yalta, Hiroshima et Nagasaki.

4.

L'après-guerre

Pour Éluard, la victoire de 1945 se traduit par un recueil enthousiaste, *Poésie ininterrompue* (paru en janvier 1946), mais l'élan est bientôt brisé par un événement intime dramatique, la mort brutale de Nusch, avec qui il vivait l'amour parfait depuis 1930, qui le laisse désespéré et suicidaire. Les années suivantes seront communistes, tendance stalinienne (Éluard meurt un an avant la mort de Staline et la désillusion qui en résulta), avec *Poèmes politiques*, publié en 1948. Le poète devient l'ambassadeur itinérant de cette poésie militante qu'il a incarnée, allant en Italie, Tchécoslovaquie, Yougoslavie, Pologne, URSS et surtout en Grèce, parler de la paix et de la démocratie. Jusqu'au bout il demeure parfaitement fidèle à lui-même et revit un dernier amour, de 1949 à 1952, qui lui fait renouer avec la veine amoureuse, dans *Le Phénix* (1951).

Aragon, lui, vécut trente ans de plus, ce qui lui permet une autre vie, ou presque. Une production abondante, tant romanesque que poétique, pendant qu'il dirige une revue, *Les Lettres françaises*, et rassemble la documentation nécessaire à une *Histoire de l'URSS* en trois volumes. Il perd Elsa, la compagne d'une vie, en 1970, et alors qu'on craint qu'il ne lui survive pas, on le voit s'afficher publiquement avec quelques jeunes gens... Sur le plan politique, il connaît la désillusion du rapport Khrouchtchev et l'entrée des chars russes à Budapest, en 1956, puis à Prague, en 1968. Jusqu'à sa mort pourtant, lui aussi, il resta fidèle au parti communiste. Que savait-il du Goulag, des atrocités du stalinisme ? Sûrement plus qu'il n'en dit dans son œuvre, mais il était militant, c'est-à-dire qu'il avait accepté une fois pour toutes de servir son parti, même s'il lui fallait pour cela nier les évidences et se perdre lui-même. Toutes ces contradictions font de lui une énigme dont on n'a aujourd'hui toujours pas le fin mot.

1946	Début de la guerre d'Indochine.
mai 1947	Les ministres communistes sont chassés du gouvernement.
1949	Victoire de Mao Zedong.
1952	Apothéose de Staline ; mort d'Éluard.
1953	Mort de Staline ; Aragon devient directeur des *Lettres françaises*.
1954	Bataille de Diên Biên Phu, fin de la guerre d'Indochine ; Aragon est titulaire au Comité central du PCF ; début de la guerre d'Algérie.
1956	Début de la déstalinisation ; insurrection en Hongrie et intervention soviétique.
1958	Prise de pouvoir par le général de Gaulle, début de la Ve République.
1959	Révolution à Cuba.
1968	Révoltes étudiantes en France, grève générale.

Aragon offre un numéro entier des *Lettres françaises* comme tribune aux enseignants et aux étudiants.
Intervention soviétique en Tchécoslovaquie, le PCF la condamne.

1982 Mort d'Aragon, le 24 décembre.

Éléments pour une fiche de lecture

Regarder le tableau

- À première vue ce tableau vous plaît-il ? Expliquez pourquoi. Où aimeriez-vous l'exposer si vous étiez à la place de l'artiste ? Attardez-vous sur le choix des couleurs et montrez comment Fernand Léger s'est attaché à séduire le spectateur.
- Le sujet du tableau vous semble-t-il conventionnel par rapport à ceux que vous avez eu l'occasion de voir lors de vos visites au musée ? D'après vous qu'est-ce qui a poussé Fernand Léger à faire un choix si réaliste ? Observez maintenant le traitement pictural des personnages, de l'architecture et du ciel. Vous paraît-il réaliste ? Pourquoi d'après vous une telle distorsion entre le choix du sujet et son traitement ?

La guerre de 1914-1918

- Étudiez les différents visages de la guerre dans les poèmes d'Apollinaire ici présentés. Montrez en quoi la vision du poète n'est pas seulement négative ou catastrophiste.

- Vous comparerez « Les soupirs du servant de Dakar » d'Apollinaire au poème de Léopold Sédar Senghor « Aux tirailleurs sénégalais morts pour la France ». Quelle est la situation d'énonciation et quelles variations dans le traitement du thème cela induit-il ? En quoi les deux poètes se rejoignent-ils, malgré leurs différences ?
- Montrez que dans « Chant de l'honneur » d'Apollinaire se mélangent réalisme de l'évocation et réflexion esthétique qui atténue l'horreur. Quelle est ici la fonction du poète ?
- Comment Cendrars choisit-il de représenter la guerre dans « La guerre au Luxembourg » et pourquoi ? Cela suffit-il à dédramatiser le sujet ? pourquoi ?

L'engagement communiste

- Montrez à quels symboles Aragon s'en prend dans « Front rouge » et dans « Réponse aux jacobins ». Quelle est la tonalité qui domine ici ?
- Décrivez précisément la forme de ces poèmes communistes d'Aragon (types de vers, rimes, etc.). Mettez vos remarques en rapport avec ce que vous savez du poète, et notamment son rôle dans l'aventure surréaliste. Qu'en pensez-vous ?

La Seconde Guerre mondiale

- Quelles images de Paris repère-t-on dans « Courage » et dans « En plein mois d'août » de Paul Éluard ? Analysez les ruptures et les continuités.
- Lisez « La lettre » et « La lettre dit encore... » d'Henri Michaux. En quoi s'agit-il de poèmes de guerre ?

Repérez et interprétez les images essentielles qui disent indirectement la situation.
- Étudiez les figures de l'anaphore et de la répétition dans « À la France 1939 » de Pierre Jean Jouve, « Liberté » de Paul Éluard, *Le Musée Grévin* d'Aragon et « Chant du tabou » de Robert Desnos. Comment les interpréter ?
- « Liberté » d'Éluard : étudiez la composition du poème ; étudiez les images. Comprenez-vous que ce poème soit devenu le plus célèbre poème de la Résistance ?
- Vous étudierez le traitement du temps dans « Demain » de Desnos, « Éternité de ceux que je n'ai pas revus » d'Éluard, et « Barbara » de Prévert.
- Vous étudierez la place et le rôle des allusions, images et symboles religieux dans les poèmes de guerre d'Aragon.

La négritude

- *Cahier d'un retour au pays natal* : mettez au jour la structure du texte en repérant des changements de thème, de forme, ou d'énonciation.
- Montrez que le texte est construit sur un balancement, un basculement, entre des négations et des affirmations, entre un passé et un espoir...
- À la fin de l'extrait proposé, quelle solution tentante est rejetée par le poète ? Montrez qu'il rejoint ainsi la « Prière de paix » de Léopold Sédar Senghor.
- Étudiez les rapports entre colonisation et religion dans les poèmes de la négritude.
- Étudiez les voix de la révolte dans ces poèmes. Comment s'exprime-t-elle ? Sur quoi s'appuie-t-elle ?

- Étudiez les figures, la présence et le rôle de l'Afrique dans cette poésie.

Questions transversales

- Vous étudierez le thème de la fraternité dans les poèmes du recueil.
- Quelles sont les souffrances du poète en temps de guerre telles que ces textes les mettent en scène ?
- Comment la guerre est-elle représentée dans ces poèmes ? Son image évolue-t-elle entre la Première et la Seconde Guerre mondiale ?
- Comment le poète est-il représenté dans ces poèmes ? Comment évoluent sa fonction, sa (ou ses) mission(s) ?
- Montrez que la tonalité lyrique est prédominante dans cette anthologie, en étudiant tout ce qui s'y rattache en matière de thèmes, de formes, de figures ou de rythmes.

DANS LA MÊME COLLECTION

Lycée

Série Classiques

Anthologie du théâtre français du 20ᵉ siècle (220)
Écrire en temps de guerre, Correspondances d'écrivains (1914-1949) (anthologie) (260)
Écrire sur la peinture (anthologie) (68)
Encyclopédie ou *Dictionnaire raisonné des sciences, des arts et des métiers* (textes choisis) (142)
La poésie baroque (anthologie) (14)
La poésie de la Renaissance (anthologie) (271)
La poésie symboliste (anthologie) (266)
Dire l'amour (anthologie) (284)
Les grands manifestes littéraires (anthologie) (175)
Le sonnet (anthologie) (46)
Le Sport, miroir de la société ? (anthologie) (221)
L'intellectuel engagé (anthologie) (219)
Nouvelles formes du récit. Anthologie de textes des 50 dernières années (248)
Paroles, échanges, conversations, et révolution numérique (textes choisis) (237)
Guillaume APOLLINAIRE, *Alcools* (238)
Honoré de BALZAC, *La Peau de chagrin* + *Ces objets qui nous envahissent… Objets cultes, culte des objets* (anthologie) (11)
Honoré de BALZAC, *La Duchesse de Langeais* (127)
Honoré de BALZAC, *Le roman de Vautrin* (Textes choisis dans *La Comédie humaine*) (183)
Honoré de BALZAC, *Le Père Goriot* (204)
Honoré de BALZAC, *La Recherche de l'Absolu* (224)
Jules BARBEY D'AUREVILLY, Prosper MÉRIMÉE, *Deux réécritures de Don Juan* (278)
René BARJAVEL, *Ravage* (95)

DANS LA MÊME COLLECTION

Charles BAUDELAIRE, *Les Fleurs du Mal* (17)
Charles BAUDELAIRE, *Le Spleen de Paris* (242)
BEAUMARCHAIS, *Le Mariage de Figaro* (128)
BEAUMARCHAIS, *Le Barbier de Séville* (273)
Jacques-Henri BERNARDIN DE SAINT-PIERRE, *Paul et Virginie* (244)
Aloysius BERTRAND, *Gaspard de la Nuit* (207)
André BRETON, *Nadja* (107)
Albert CAMUS, *L'Étranger* (40)
Albert CAMUS, *La Peste* (119)
Albert CAMUS, *La Chute* (125)
Albert CAMUS, *Les Justes* (185)
Albert CAMUS, *Caligula* (233)
Albert CAMUS, *L'Envers et l'endroit* (247)
Emmanuel CARRÈRE, *La Moustache* (271)
Jean CASSOU, *Trente-trois sonnets composés au secret* (298)
Louis-Ferdinand CÉLINE, *Voyage au bout de la nuit* (60)
René CHAR, *Feuillets d'Hypnos* (99)
François-René de CHATEAUBRIAND, *Mémoires d'outre-tombe* (Livres IX à XII) (118)
Pierre CHODERLOS DE LACLOS, *Les Liaisons dangereuses* (5)
Driss CHRAÏBI, *La Civilisation, ma Mère !...* (165)
Paul CLAUDEL, *L'Échange* (229)
Albert COHEN, *Le Livre de ma mère* (45)
Benjamin CONSTANT, *Adolphe* (92)
Pierre CORNEILLE, *Le Menteur* (57)
Pierre CORNEILLE, *Cinna* (197)
Marceline DESBORDES-VALMORE, *Poésies* (276)
François-Henri DÉSÉRABLE, *Tu montreras ma tête au peuple* (295)
Denis DIDEROT, *Paradoxe sur le comédien* (180)
Madame de DURAS, *Ourika* (189)

DANS LA MÊME COLLECTION

Marguerite DURAS, *Un barrage contre le Pacifique* (51)
Marguerite DURAS, *La douleur* (212)
Marguerite DURAS, *La Musica* (241)
Paul ÉLUARD, *Capitale de la douleur* (126)
Paul ÉLUARD, MAN RAY, *Les Mains libres* (256)
Annie ERNAUX, *La place* (61)
Marie FERRANTI, *La Princesse de Mantoue* (262)
Gustave FLAUBERT, *Madame Bovary* (33)
Gustave FLAUBERT, *Écrire* Madame Bovary *(Lettres, pages manuscrites, extraits)* (157)
André GIDE, *Les Faux-Monnayeurs* (120)
André GIDE, *La Symphonie pastorale* (150)
E. T. A. HOFFMANN, Jules JANIN, Honoré de BALZAC, Hector BERLIOZ, George SAND, *6 moments musicaux* (289)
Victor HUGO, *Hernani* (152)
Victor HUGO, *Mangeront-ils ?* (190)
Victor HUGO, *Pauca meae* (209)
Victor HUGO, *Hugo orateur* (anthologie) (285)
Eugène IONESCO, *Rhinocéros* (73)
Eugène IONESCO, *Macbett* (250)
Philippe JACCOTTET, *À la lumière d'hiver* (222)
Sébastien JAPRISOT, *Un long dimanche de fiançailles* (27)
Alfred JARRY, *Ubu roi* (291)
Charles JULIET, *Lambeaux* (48)
Franz KAFKA, *Lettre au père* (184)
Maylis de KERANGAL, *Corniche Kennedy* (282)
Eugène LABICHE, *L'Affaire de la rue de Lourcine* (98)
Eugène LABICHE, *La Dame aux jambes d'azur* (277)
Jean de LA BRUYÈRE, *Les Caractères* (24)
Madame de LAFAYETTE, *La Princesse de Clèves* (39)
Madame de LAFAYETTE, *La Princesse de Montpensier* (287)
LE SAGE, *Le Diable boiteux* (275)

DANS LA MÊME COLLECTION

Louis MALLE et Patrick MODIANO, *Lacombe Lucien* (147)
André MALRAUX, *La Condition humaine* (108)
MARIVAUX, *L'Île des Esclaves* (19)
MARIVAUX, *La Fausse Suivante* (75)
MARIVAUX, *La Dispute* (181)
MARIVAUX, *Les Acteurs de bonne foi* (293)
Guy de MAUPASSANT, *Le Horla* (1)
Guy de MAUPASSANT, *Pierre et Jean* (43)
Guy de MAUPASSANT, *Bel-Ami* (211)
Guy de MAUPASSANT, *Une vie* (274)
Herman MELVILLE, *Bartleby le scribe* (201)
MOLIÈRE, *L'École des femmes* (25)
MOLIÈRE, *Le Tartuffe* (35)
MOLIÈRE, *L'Impromptu de Versailles* (58)
MOLIÈRE, *Amphitryon* (101)
MOLIÈRE, *Le Misanthrope* (205)
MOLIÈRE, *Les Femmes savantes* (223)
Dominique MONCOND'HUY, *Petite histoire de la caricature de presse en 40 images* (288)
Michel de MONTAIGNE, *Des cannibales + La peur de l'autre* (anthologie) (143)
MONTESQUIEU, *Lettres persanes* (56)
MONTESQUIEU, *Essai sur le goût* (194)
Alfred de MUSSET, *Lorenzaccio* (8)
Alfred de MUSSET, *On ne badine pas avec l'amour* (286)
Irène NÉMIROVSKY, *Suite française* (149)
Georges ORWELL, *1984* (281)
OVIDE, *Les Métamorphoses* (55)
Blaise PASCAL, *Pensées (Liasses II à VIII)* (148)
Pierre PÉJU, *La petite Chartreuse* (76)
Daniel PENNAC, *La fée carabine* (102)
Georges PEREC, *Quel petit vélo à guidon chromé au fond de la cour ?* (215)

DANS LA MÊME COLLECTION

Luigi PIRANDELLO, *Six personnages en quête d'auteur* (71)
Francis PONGE, *Le parti pris des choses* (170)
Abbé PRÉVOST, *Manon Lescaut* (179)
Marcel PROUST, *Du côté de chez Swann* (246)
Raymond QUENEAU, *Zazie dans le métro* (62)
Raymond QUENEAU, *Exercices de style* (115)
Pascal QUIGNARD, *Tous les matins du monde* (202)
François RABELAIS, *Gargantua* (21)
Jean RACINE, *Andromaque* (10)
Jean RACINE, *Britannicus* (23)
Jean RACINE, *Phèdre* (151)
Jean RACINE, *Mithridate* (206)
Jean RACINE, *Bérénice* (228)
Raymond RADIGUET, *Le Bal du comte d'Orgel* (230)
Rainer Maria RILKE, *Lettres à un jeune poète* (59)
Arthur RIMBAUD, *Illuminations* (193)
Edmond ROSTAND, *Cyrano de Bergerac* (70)
SAINT-SIMON, *Mémoires* (64)
Nathalie SARRAUTE, *Enfance* (28)
Jorge SEMPRUN, *L'Écriture ou la vie* (234)
William SHAKESPEARE, *Hamlet* (54)
William SHAKESPEARE, *Macbeth* (259)
William SHAKESPEARE, *Roméo et Juliette* (292)
SOPHOCLE, *Antigone* (93)
SOPHOCLE, *Œdipe Roi + Le mythe d'Œdipe* (anthologie) (264)
STENDHAL, *La Chartreuse de Parme* (74)
STENDHAL, *Vanina Vanini et autres nouvelles* (200)
STENDHAL, *Le Rouge et le Noir* (296)
Michel TOURNIER, *Vendredi ou les limbes du Pacifique* (132)
Paul VALÉRY, *Charmes* (294)
Vincent VAN GOGH, *Lettres à Théo* (52)
VOLTAIRE, *Candide ou l'Optimisme* (7)

DANS LA MÊME COLLECTION

VOLTAIRE, *L'Ingénu* (31)
VOLTAIRE, *Micromégas* (69)
Émile ZOLA, *Thérèse Raquin* (16)
Émile ZOLA, *L'Assommoir* (140)
Émile ZOLA, *Au Bonheur des Dames* (232)
Émile ZOLA, *La Bête humaine* (239)
Émile ZOLA, *La Curée* (257)
Émile ZOLA, *La Fortune des Rougon* (297)

Série Philosophie

Notions d'esthétique (anthologie) (110)
Notions d'éthique (anthologie) (171)
ALAIN, *44 Propos sur le bonheur* (105)
Hannah ARENDT, *La Crise de l'éducation* extrait de *La Crise de la culture* (89)
ARISTOTE, *Invitation à la philosophie (Protreptique)* (85)
Walter BENJAMIN, *L'œuvre d'art à l'époque de sa reproductibilité technique* (123)
Émile BENVENISTE, *La communication*, extrait de *Problèmes de linguistique générale* (158)
Albert CAMUS, *Réflexions sur la guillotine* (136)
René DESCARTES, *Méditations métaphysiques* – « 1, 2 et 3 » (77)
René DESCARTES, *Des passions en général*, extrait de *Les Passions de l'âme* (129)
René DESCARTES, *Discours de la méthode* (155)
Denis DIDEROT, *Le Rêve de d'Alembert* (139)
Émile DURKHEIM, *Les règles de la méthode sociologique* – « Préfaces, chapitres 1, 2 et 5 » (154)
ÉPICTÈTE, *Manuel* (173)
Michel FOUCAULT, *Droit de mort et pouvoir sur la vie*, extrait de *La Volonté de savoir* (79)
Sigmund FREUD, *Sur le rêve* (90)

DANS LA MÊME COLLECTION

Thomas HOBBES, *Léviathan* – « Chapitres 13 à 17 » (111)
David HUME, *Dialogues sur la religion naturelle* (172)
François JACOB, *Le programme* et *La structure visible*, extraits de *La logique du vivant* (176)
Emmanuel KANT, *Des principes de la raison pure pratique*, extrait de *Critique de la raison pratique* (87)
Emmanuel KANT, *Idée d'une histoire universelle au point de vue cosmopolitique* (166)
Étienne de LA BOÉTIE, *Discours de la servitude volontaire* (137)
G. W. LEIBNIZ, *Préface aux Nouveaux essais sur l'entendement humain* (130)
Claude LÉVI-STRAUSS, *Race et histoire* (104)
Nicolas MACHIAVEL, *Le Prince* (138)
Nicolas MALEBRANCHE, *La Recherche de la vérité* – « De l'imagination, 2 et 3 » (81)
Marc AURÈLE, *Pensées* – « Livres II à IV » (121)
Karl MARX, *Feuerbach. Conception matérialiste contre conception idéaliste* (167)
Maurice MERLEAU-PONTY, *L'Œil et l'Esprit* (84)
Maurice MERLEAU-PONTY, *Le cinéma et la nouvelle psychologie* (177)
John Stuart MILL, *De la liberté de pensée et de discussion*, extrait de *De la liberté* (122)
Friedrich NIETZSCHE, *La « faute », la « mauvaise conscience » et ce qui leur ressemble (Deuxième dissertation)*, extrait de *La Généalogie de la morale* (86)
Friedrich NIETZSCHE, *Vérité et mensonge au sens extra-moral* (139)
Blaise PASCAL, *Trois discours sur la condition des Grands et six liasses extraites des Pensées* (83)
PLATON, *La République* – « Livres 6 et 7 » (78)

DANS LA MÊME COLLECTION

PLATON, *Le Banquet* (109)
PLATON, *Apologie de Socrate* (124)
PLATON, *Gorgias* (159)
Jean-Jacques ROUSSEAU, *Discours sur l'origine et les fondements de l'inégalité parmi les hommes* (82)
SAINT AUGUSTIN, *La création du monde et le temps* – « Livre XI, extrait des *Confessions* » (88)
Baruch SPINOZA, *Lettres sur le mal* – « Correspondance avec Blyenbergh » (80)
Alexis de TOCQUEVILLE, *De la démocratie en Amérique I* – « Introduction, chapitres 6 et 7 de la deuxième partie » (97)
Simone WEIL, *Les Besoins de l'âme*, extrait de *L'Enracinement* (96)
Ludwig WITTGENSTEIN, *Conférence sur l'éthique* (131)

Pour plus d'informations,
consultez le catalogue à l'adresse suivante :
http://www.gallimard.fr

*Composition Bussière
Impression Novoprint
à Barcelone, le 2 octobre 2019
Dépôt légal : octobre 2019
1er dépôt légal : mars 2009*

ISBN 978-2-07-037967-5./ Imprimé en Espagne.

363455